大海啊，只会送来岛上需要的正直善良的东西，
保护留在岛上的正直善良的东西……

——《潮骚》第六章，P46

读客经典文库

经典就读三个圈　导读解读样样全

しおさい

潮骚

[日] 三岛由纪夫 著
(1925—1970)
汪洋 译

读客经典文库
经典就读三个圈　导读解读样样全
河南文艺出版社
·郑州·

图书在版编目（CIP）数据

潮骚 /（日）三岛由纪夫著；汪洋译 . -- 郑州：河南文艺出版社，2021.6

ISBN 978-7-5559-1153-1

Ⅰ . ①潮… Ⅱ . ①三… ②汪… Ⅲ . ①长篇小说 – 日本 – 现代 Ⅳ . ① I313.45

中国版本图书馆 CIP 数据核字（2021）第 058223 号

著　　者 [日] 三岛由纪夫
译　　者 汪　洋
责任编辑 李亚楠
责任校对 绳　刚
特邀编辑 张　琦　　车　童
策　　划 读客文化
版　　权 读客文化
封面设计 黄　实
出版发行 河南文艺出版社
印　　刷 北京中科印刷有限公司
开　　本 880mm × 1230mm 1/32
印　　张 6
字　　数 106 千
版　　次 2021 年 6 月第 1 版　2021 年 6 月第 1 次印刷
定　　价 49.00 元

如有印刷、装订质量问题，请致电 010-87681002（免费更换，邮寄到付）

目 录

“我的心是属于你的，请你一定要意气风发地回来呀。送上我的一张照片，让它同你一道航海吧。请你千万不要抛弃希望，努力奋斗吧。”

信给小伙子平添了勇气。他感到手臂充满力量，全身洋溢着勃勃生机。

——《潮骚》P128

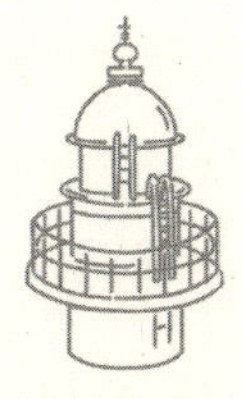

第一章

歌岛是个人口一千四百、周长不足一里[1]的小岛。

岛上有两处风景最美，其中一处是位于岛的顶端附近、朝西北而建的八代神社。

歌岛位于伊势海的湾口，从这里眺望，伊势海周边可以尽收眼底。歌岛北边毗邻知多半岛，自东向北横亘着渥美半岛，西面隐约可见由宇治山田迤逦至津市和四日市[2]的海岸线。

登上二百级石阶，在有一对石狮子守卫的神社鸟居[3]下回望，便可以看到被上述远景环抱的伊势海。自古以来，伊势海便是如

1 日本的1里约合3.927公里。——译注（如无特别说明，本书中注释均为译注）

2 宇治山田是日本三重县南部城市，现已更名为伊势市；津市是三重县中部城市，也是县政府所在地；四日市是三重县北部城市。

3 鸟居是一种牌坊式的大门，常设于日本神社周围的木栅栏或通向神社的大道上作为神社的标志。

此景象。这里原有一棵枝条交错、酷似牌坊的松树，名曰“牌坊松”，给这番景象配上了趣味盎然的画框，但它几年前已经枯死了。

松树绿意尚浅，近岸的海面被春天的海藻染成了红色。西北季风从津市的方向不断吹来，给在这里赏景的人平添了一丝寒意。

八代神社祭祀的是海神“绵津见”。对这位海神的信仰是从渔夫生活中自然产生的，他们总在祈求海上风平浪静。倘若遭遇海难后获救，他们首先会做的就是给这座神社献上酬神金。

八代神社珍藏着六十六面宝贵的铜镜，既有八世纪前后的葡萄镜[1]，也有中国六朝时代铜镜的古代仿制品。后者全日本仅存十五六面，背面雕刻着鹿和松鼠。这些动物是在遥远的往昔从波斯的森林启程，穿过广袤的大陆，远渡重洋，跋涉了半个世界来到这里的。如今，它们已经在这座岛上繁衍生息很多年了。

还有一处风景最美的地方，是岛上东山山顶附近的灯塔。

矗立着灯塔的悬崖下，伊良湖海峡的海流声不绝于耳。在有风的日子，这个连接伊势海和太平洋的狭窄海峡会遍布漩涡。海峡另一侧就是近在眼前的渥美半岛的尽头，那荒凉多石的海岸

---

1 全名“海兽葡萄镜”，中国唐代的一种镜子，背面饰有狮子等禽兽和葡萄蔓花纹，通常为圆形。

上，矗立着伊良湖海岬的无人小灯塔。

从歌岛灯塔向东南望去，太平洋的一角就映入眼帘。在西风强劲的拂晓，渥美湾另一侧的东北群山中，有时可以遥遥望见富士山。

从湾内到外海，无数的渔船星罗棋布。由名古屋和四日市进出港的轮船在渔船的缝隙中穿梭，通过伊良湖海峡时，灯塔看守会从望远镜中观察，迅速报出船名。

三井航运的一艘载重一千九百吨的货船“十胜号”进入望远镜的视野，两个穿着蓝色工作服的船员正一边原地踏步一边交谈。

不一会儿，又有英国船“塔里斯曼号”进港，在上层甲板玩投环游戏的船员的小小身影清晰可见。

值班小屋里，灯塔看守转向桌子，在船舶通行登记本上写下船名、信号符号、通过时间和航行方向，并将这些信息编成电文，发给港口里的货主。货主据此便能迅速展开准备工作。

午后，西沉的太阳被东山遮蔽，灯塔周围昏暗下来。老鹰在明净的海面上空翱翔。高高的空中，老鹰忽地收拢双翼，像要立刻俯冲，却又突然展开翅膀，滑翔着往后退去。如此周而复始，仿佛在测试双翼的机能。

太阳落山后，一个年轻的渔夫手提一条大比目鱼急匆匆地走在从山下的村子通往灯塔的山路上。

他才十八岁，前年刚从新制中学[1]毕业，身材高大，体格健壮，只有稚气未脱的面庞同年龄相称。他有着不能晒得更黑的皮肤、岛上居民特有的漂亮鼻子，以及干裂的嘴唇。一对大大的黑眼睛透着清澈无比的目光，但这绝不是智慧的光芒，而是海上讨生活的人从大海得到的馈赠。他的学校成绩相当差。

他依然穿着一整天都没脱的捕鱼工作服，这身裤子和粗糙的夹克是已故的父亲留给他的。

小伙子已经穿过寂静的小学校园，走入水车旁的坡道，沿石阶而上，便来到了八代神社后面。神社庭院里，暮色中的桃花看上去朦胧发白。从这里往上爬，用不了十分钟就可以抵达灯塔。

那道路实在崎岖不平，不熟悉的人即便白天也难免摔跤。可小伙子就算闭上眼睛也能在松树根和岩石上健步如飞，甚至像现在这样一边想事一边走路也不会跌倒。

刚才还有夕阳余晖的时候，载着小伙子的“太平号”便返回了歌岛港。小伙子每天都会同船主和另一个朋友乘着这艘装有引擎的小船去捕鱼。回到港口，把捕到的鱼转移到渔业协会的船上，再把小船拉上海滨后，小伙子就提着准备送到灯塔长家去的

---

1 根据1947年日本施行的《学校教育法》设立的中学。

比目鱼，打算先回家一趟。他沿岸边走来时，暮色渐浓的海滨依然十分热闹，大量渔船在号子声中被拖上了岸。

一个陌生的少女把被称作“算盘”的坚固木框放在沙滩上倚着歇息，这个木框是用绞车将渔船拉上岸时垫在船底、让船一点点往上移动的工具。少女刚完成放置木框的工作，似乎正在歇气。

她额头冒汗，双颊通红。寒冷的西风相当猛烈，少女那因劳动而发热的面庞暴露在寒风中。她任凭寒风吹拂自己的秀发，看上去十分惬意。她穿着棉坎肩和劳动裤，戴着脏兮兮的劳动手套。少女健康的肤色和其他女人没什么不同，但眉清目秀，神情娴静，眼睛一直注视着西方海面上空。夕阳的一点残红正没入那里层层叠叠的乌云的缝隙之中。

小伙子不认识这张面孔。歌岛上应该没有他不认识的人。外乡人的话，他一眼就能认出来，而少女的装束打扮并不像外乡人。只是，她独自出神地凝望大海的样子，同岛上活泼开朗的女人们迥然不同。

小伙子特意从少女面前走过，像孩子观看稀罕东西一样，站在少女正对面，认认真真地注视着她。少女秀眉微蹙，依然死死盯着海面，没有去看小伙子。

沉默寡言的小伙子察看完毕后就快步离开了。这时，他只是恍恍惚惚地感到一种好奇心得到满足后的幸福。直到后来，也就是他开始登上通往灯塔的山道时，这种失礼的察看才唤醒了他的羞耻心，脸颊也随之火热起来。

透过松林的隙缝，小伙子眺望着眼前汹涌澎湃的大海。月亮升起之前的大海一片黑暗。

拐过传说会迎头撞上高大女妖的“女人坡”，便能看到灯塔上高高的明亮窗户，那灯光刺痛了小伙子的眼睛——村里的发电机早就出了故障，他在村里只看得见昏暗的煤油灯光。

小伙子之所以常常这样给灯塔长家送鱼，是为了感谢灯塔长的恩情。从新制中学毕业的时候，小伙子考试不及格，眼看就要推迟一年才能毕业。因为总去灯塔附近拾松针当引柴，小伙子的母亲同灯塔长夫人渐渐相熟，趁机诉苦说，如果儿子延期毕业，家中的生计就将难以维持。夫人向灯塔长转述了这一情况，灯塔长便去见了与他关系匪浅的校长。得益于此，小伙子才幸免留级，顺利毕业。

离开学校后，小伙子投入了出海捕鱼的工作。他时常把捕获的鱼送去灯塔，还会帮忙购物。正因为这样，灯塔长夫妇非常喜欢他。

灯塔长的宿舍就在通往灯塔的水泥台阶前，旁边是一小块旱田。厨房入口的玻璃门上晃动着灯塔长夫人的身影，好像正在准备晚饭。小伙子从外面打了个招呼，夫人推开了门。

“哎呀，是新治啊。”接过小伙子默默递过来的比目鱼，夫人高喊道，“孩子他爹，久保送鱼来啦！”

里屋传来灯塔长质朴的回答：“总是麻烦你，太感谢了。快进屋吧，新治君。”

小伙子扭扭捏捏地站在厨房入口。比目鱼已被放到白色搪瓷大盘里，血从微微开合的腮里流出来，渗入白嫩光滑的鱼肉。

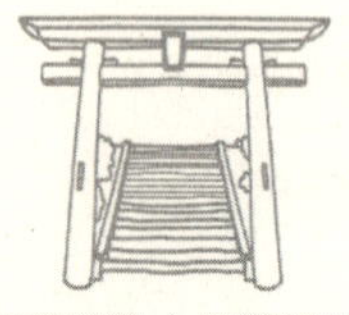

第二章

第二天早晨，新治又乘师傅的船出海捕鱼去了。映着黎明略微阴暗的天空，海面白蒙蒙一片。

到渔场需要一小时左右。新治系着黑色橡胶围裙，戴着橡胶长手套。围裙从夹克前胸一直垂到长筒胶靴顶部的膝盖。他站在船头，一边眺望渔船驶向的灰色晨空下的太平洋，一边回想昨晚从灯塔回来后到就寝前这段时间的事。

小屋的炉灶旁吊着一盏昏暗的煤油灯，母亲和弟弟正等着新治归来。弟弟十二岁。自从父亲在战争最后一年被机枪扫射去世，直到新治出来工作，这些年来全靠母亲当海女[1]的收入支撑全家的生活。

1 以潜入海中采集贝壳、海藻等为职业的女性。

“塔长挺高兴的吧？”

“嗯，他一个劲儿地叫我进屋，还给我喝了一种叫可可的东西。”

“可可是什么？”

“就像是西洋的小豆汤。”

母亲根本不懂做菜，只会把鱼做成生鱼片，或者泡在醋里，或者整条烤了，要不就是整条炖了。新治捕来的一条鲂鱼，就被囫囵个儿炖好了盛在盘子里。由于没有洗干净就下了锅，吃起来经常嚼到沙子。

新治期盼着桌边闲聊天时母亲会提到那个陌生少女，但母亲是个既不发牢骚也不说闲话的女人。

饭后，新治领弟弟去澡堂，指望着能在那里听到少女的消息。因为时间已晚，澡堂里空荡荡的，水也脏了。但渔业协会会长和邮政局长还泡在池子里讨论政治问题，天花板下回荡着他们破锣般的粗哑嗓音。兄弟俩向他们点头致意，到池子远端泡下身。无论新治如何凝神细听，他们的话题都没有从政治转移到少女身上。没泡一会儿，弟弟就匆匆离开池子，新治只好跟了出来，询问缘由。原来弟弟阿宏今天玩打仗游戏的时候，拿刀击中了渔业协会会长儿子的头，把他弄哭了。

那天晚上出了件怪事，向来容易入睡的新治，上床后竟然一直头脑清醒，久未成眠。从不生病的小伙子不禁担心：自己莫非病了？

这种莫名其妙的不安一直持续到今天早晨。可是，只要新治伫立在船头，看到广阔无垠的大海在面前展开，平日熟悉的劳动活力就会充盈全身，心情也不由得平静下来。渔船随着引擎的震动而微微颤抖，凛冽的晨风扑打着小伙子的脸颊。

高高矗立在右方悬崖上的灯塔已经熄了灯光。早春的褐色林木下面，伊良湖海峡中飞溅的浪花在朦胧的晨光中格外白亮。“太平号”在师傅熟练的掌橹操作下，顺畅地渡过了遍布涡流的海峡。若是大船要通过这条海峡，就必须穿过两道暗礁之间总是浪花翻滚的狭窄航道。船道水深八十到一百寻[1]，暗礁上的水深则只有十三寻或二十寻。从作为航道标志的浮标附近开始往太平洋的方向，一路上沉入了无数捕章鱼的陶罐。

歌岛年捕鱼量的八成是章鱼。十一月开始的章鱼渔期已接近尾声，而春分周[2]开始的枪乌贼渔期即将到来。为躲避伊势海的寒冷而逃往太平洋深处的章鱼被称为“逃章”，而现在，放好陶罐等待“逃章”自投罗网的季节结束了。

对于歌岛太平洋一侧浅海的海底地形，富有经验的渔夫没有一处不熟悉，就像对自家庭院一样了如指掌。

“海底一暗下来，我们就同盲人按摩师一样了。”他们常常

---

1 日本旧制长度单位，1寻约合1.8米。

2 以春分日为正中那天的一周。

这样说。

他们用罗盘确定方位，再对照远方海岬的群山，根据其偏差值确定船的位置。知道了位置，也就知道了海底的地形。分别系着上百个捕章鱼陶罐的绳子，一行行整齐地排列在海底。绳子各处拴着很多浮子，随海水涨落而摇荡。既是船主又是师傅的捕鱼长熟练地掌握了捕鱼技术，新治和另一个小伙子龙二只要努力去做适合他们的力气活儿就行了。

捕鱼长大山十吉的面庞仿佛一张被海风反复鞣制的皮革，连皱纹深处都被晒黑了，手上渗入污垢的褶皱和捕鱼留下的旧伤已经混为一体，难以分辨。他这个人难得一笑，总是很平静，尽管下令捕鱼时会提高嗓门，但从没因为生气而大吼大叫。

十吉捕鱼时一般都在船尾，一手掌橹，一手调控引擎。来到开阔的海面上，发现先前未见的许多渔船都聚集于此。与他们互致早安后，十吉降低引擎马力，驶入自己的渔场，示意新治将轮带一头接上引擎，一头绕到船舷的滚轮轴上。船沿着系有捕章鱼陶罐的绳子缓缓行驶时，滚轮轴会转动船舷外的滑轮。两个小伙子将系有捕章鱼陶罐的绳子挂在滑轮上，轮流拉拽。如果不一刻不停地拉，绳子往往会滑落。而且，把含有海水而变重的绳子从海里拉出来，不能只靠机器，必须有人力辅助。

水平线上的云层背后日影曚昽。两三只海鸬鹚将长长的脖子探出水面，在海中游来游去。往歌岛方向望去，只见南面的悬崖已被群居的海鸬鹚的粪染成一片雪白。

海风刺骨。用滑轮卷起绳子的同时，新治偷偷瞟了眼深蓝色的大海，感到体内涌出一种很快就会让自己汗流浃背的劳动活力。滑轮开始转动，湿淋淋、沉甸甸的绳子从海里升起来，新治的手隔着橡胶手套握住冰凉坚硬的绳子。拉上来的绳子通过滑轮时，水花像冰雨一样飞溅开来。

接着，赭土色的陶罐从海水里冒了出来。龙二早就严阵以待，如果陶罐是空的，他就会迅速将罐中的海水倒掉，让罐子连滑轮都不碰，径直随下降的绳子再次落入海中。

新治叉开双腿，一只脚奋力踩住船头，似乎在同海里的什么东西进行漫长的拔河比赛。绳子被不断拉起来，新治赢了。但大海其实也没有输，它把空陶罐接二连三地送上来，就像要故意嘲笑新治一样。

陶罐间隔七到十米一个，现在已经一连二十几个罐子都是空的。新治拉绳，龙二倒水。十吉的表情没有丝毫变化，依然手抓着橹，默默注视着两个小伙子的操作。

新治的脊背渐渐渗出了汗，暴露在晨风中的额头上布满晶莹的汗珠。他感觉脸颊火热起来。阳光终于穿过云层，把小伙子朝气蓬勃的身影淡淡地映在脚下。

这次拉上陶罐后，龙二没有往海里倒水，而是往船上倒里面的东西。十吉让滑轮停止转动，新治也第一次回头去看陶罐。龙二用木棒往罐子里捅，章鱼却始终不出来。继续用木棍在罐内搅动，章鱼才像一个午睡正酣却被叫醒的人一样，不情不愿地全身滑出来，蜷缩在甲板上。机舱前的大鱼槽的盖子被掀开，今天的第一份收获落入槽底，发出一声低沉的闷响。

整个上午，“太平号”几乎都在捕章鱼。收获仅仅五条。风停了，明媚的阳光开始照耀海面。“太平号”经过伊良湖海峡返回伊势海。他们要在那里的禁渔区偷偷“耙鱼”。

所谓“耙鱼”，就是把结实的鱼钩连接起来，用船拖着，像竹耙一样扫过海底的捕鱼方法。将装着鱼钩的众多绳子平行地系在粗大的缆绳上，再将缆绳水平地沉入海中。这样耙一阵子之后，拉起缆绳，四条活蹦乱跳的牛尾鱼和三条牛舌鱼就被钩了上来。新治徒手将鱼从钩子上取下来，牛尾鱼露着白肚皮，躺在满是鲜血的甲板上。牛舌鱼那埋在褶皱里的小眼睛和湿淋淋的黑色体表映着湛蓝的天空。

午饭时间到了。十吉把捕获的牛尾鱼放在机舱盖上做成生鱼片，分成三份，放到三人铝质饭盒的盖子上，浇上装在小瓶里带来的酱油。三人拿起盛着麦饭、边上塞了两三片腌萝卜的饭盒。波澜不兴，船随波漂荡。

“知道宫田家的照大爷把女儿叫回来了吗？”十吉突然开口道。

“不知道。”

“不知道。”

见两个小伙子摇头，十吉便说开了：

“照大爷家生了四个女儿、一个儿子。他觉得女儿太多，就嫁走了三个，还送走了一个给人当养女，就是最小的那个叫初江的，被志摩老崎的一个海女领去了。可是啊，儿子阿松去年得肺病死了，照大爷又是个鳏夫，突然就感到非常寂寞，于是把初江叫了回来，给她重新入了籍，还打算招个上门女婿哩。初江出落得标致极了，小伙子们都想去当女婿，热闹得很。你俩有啥想法没？”

新治和龙二相视一笑。两人确实都红了脸，只是因为晒得太黑，看不出来罢了。

在新治心中，师傅提到的这个姑娘和昨天在海滨见到的那个姑娘紧紧地联系起来。与此同时，他又想到自己家境贫困，顿时自信全无。昨天曾近距离打量的那个姑娘，今天又感觉仿佛远在天边了。宫田照吉是个富翁，经营山川运输公司，拥有两艘租船：一艘是载重一百八十五吨的机帆船“歌岛号”，另一艘是载重九十五吨的“春风号”。他竖着一头狮鬣一样的白发，出了名的爱训人。

新治的想法总是非常务实。自己才十八岁，考虑女人的事为时尚早。这里和城市少年所处的环境不一样，城里免不了受到许多刺激，而歌岛连一家柏青哥店[1]、一间酒吧、一个陪酒女郎都没有。这个小伙子只抱着一个简单朴素的幻想：将来拥有自己的机帆船，和弟弟一起从事沿海运输。

新治周围虽然是浩瀚的大海，但他从未不着边际地憧憬去海外打拼。渔民对大海的认识与农民对土地的观念近似。大海是生活的场所，在这片一碧万顷、敏感柔软的土地之上，不停随风起伏的不是稻穗或麦穗，而是形状不定的白色“浪穗”。

尽管如此，那天捕鱼结束时，小伙子还是带着一种莫名的感动，望着水平线上一艘在暮云前航行的白色货船。世界正以他从未想象过的巨大规模从远方逼近。这个未知世界的图景仿佛远雷一般从天际隆隆而来，然后又消失了。

船头甲板上，一只小小的海星干枯了。坐在船头的小伙子将视线从暮云移开，轻轻摇了摇缠着白色厚毛巾的头。

---

1 日本的一种弹珠游戏店。

第三章

那天晚上，新治去参加青年会的例会。青年会是更改后的名字，过去叫“寝屋”，是小伙子们的一种合宿制度。直到今天，比起在自家睡觉，许多小伙子还是更喜欢在这个简陋无趣的海滨小屋中留宿。在这里，他们可以自由地讨论教育、卫生、沉船打捞、海难救助，或者从古至今都被视为年轻人活动的狮子舞和盂兰盆舞[1]。一来到这里，小伙子们就感到自己和公共生活产生了联系，体会到男子汉应该肩负的那种令人愉悦的重担。

海风吹得关闭的挡雨窗咔嗒作响，煤油灯摇曳不定，忽明忽暗。门外就是近在眼前的夜幕下的大海。潮水的轰鸣，似乎在对油灯下小伙子们光影斑驳的快活面孔诉说大自然的不安与

1 盂兰盆节（阴历七月十五日）前后，男女老少聚集在一起跳的舞。

力量。

新治一进屋，就看见煤油灯下一个小伙子趴在地上，让朋友用生了点锈的理发推子给他理发。新治微微一笑，靠墙抱膝坐下。他总是这样默默倾听别人的意见。

小伙子们放声大笑，互相夸耀着今天的捕鱼收获，毫不客气地嘲骂对方。好读书的小伙子如饥似渴地阅读着屋内备置的过期杂志。也有人以同样的热忱埋头翻阅漫画书。他们用就其年龄而言偏粗大的手压着书页，弄不懂那页漫画哪里幽默，琢磨了两三分钟才笑出声来。

在这里，新治又听到了那个少女的消息。一个齿列不齐的少年张大嘴笑了一通后，道："说起初江啊……"

只有这只言片语飘进了新治的耳朵，之后的话就被旁人嘈杂的笑声淹没了，没能听清。

新治本是个万事不挂心的少年，但这个名字却像一道巨大的难题，令他心烦意乱，不得解脱。单单听到这个名字，他就脸颊发烧，心脏狂跳。明明只是这样一动不动地坐着，可偏偏产生了只有剧烈劳动时才会发生的变化，这着实有点可怕。他用手掌试着摸了摸脸颊，感觉这发烫的脸颊似乎是别人的。一种他自己不明所以的东西伤了他的自尊心，懊恼让他的脸颊更红了。

大家就这样等待着支部长川本安夫的到来。安夫虽然只有十九岁，却是村中名门之后，具有带领大家前进的魅力，年纪轻轻便已经懂得摆架子，每次集会必定姗姗来迟。

门被砰的一声拉开，安夫进来了。他身材肥硕，面膛红润，遗传自爱喝酒的父亲。虽然长相并不令人厌恶，稀疏的眉毛却透着一丝狡猾。他用一口流利的标准语[1]说："来晚了，非常抱歉。那么，咱们马上讨论下个月的工作吧。"说着，安夫就坐在桌前，打开笔记本。他不知为何显得特别着急。"根据之前的计划，要进行的工作有，嗯……召开敬老会和搬运农道建筑石料。此外，为了灭鼠，村议会还委托我们清扫下水道。嗯……这些工作，都要在狂风暴雨、不能出海捕鱼的日子进行。捉老鼠的活儿啥时候干都无所谓。就算在下水道以外的地方杀了老鼠，警察也不会把我们抓起来的。"

众人哄堂大笑。

"哈哈，没错，没错。"有人说。

接下来他又提议请校医做卫生报告、举办辩论大赛等。可旧历新年刚过，对集会已经厌烦的小伙子们根本提不起兴趣。然后，大家针对油印会刊《孤岛》举行了集体评议会。刊物中，一个好读书的小伙子在自己所写的随感末尾引用了魏尔伦[2]的诗句，这成了大家品评的对象。

1 以东京方言为基础的标准日语。

2 保尔·魏尔伦（1844—1896），法国象征派诗人。

不知我那悲哀的心，

为何在大海中央，

战战兢兢地振动疯狂的翅膀，

跃跃欲飞。

“‘战战兢兢’是什么？”

“‘战战兢兢’就是‘战战兢兢’呀。”

“是‘慌慌张张’的误写吧。”

“对啊对啊，‘慌慌张张’同‘疯狂’搭配才说得通嘛。”

“魏尔伦是什么人？”

“法国的伟大诗人。”

“什么呀，搞不懂。难道不是从哪首流行歌里摘出来的吗？”

就这样，例会一如既往地在相互笑骂中结束了。支部长安夫匆匆赶了回去，新治不明缘由，便抓住一个朋友打听。

“你不知道吗？”朋友说，“宫田家照大爷的女儿回来啦，他被叫去参加贺宴了。”

新治没有被邀请参加宴会。他平时总是同朋友们一路说笑着回家，这次却早早地独自溜出来，沿着海滨向八代神社的石阶走去。他在斜坡上层层叠叠的房屋中找到了宫田家的灯光。那灯光和其他人家一样，都来自煤油灯。虽然看不见宴会的情形，但在煤油灯晃晃悠悠的火焰下，少女的脸颊上想必摇曳着她娴静的眉毛和长长的睫毛的影子。

新治来到石阶下方，仰望松影斑驳的二百级白色石阶，然后拾级而上，木屐发出清脆的回响。神社周围没有人影，神官家的灯火也已经熄灭。

小伙子一口气登上二百级石阶，厚实的胸膛没有丝毫起伏。他在神社前谦恭地俯下身子，把十日元硬币投入功德箱，然后咬牙再投入十日元硬币。伴随着响彻庭院的拜神拍手声，新治在心里祈祷：

“神啊，请保佑大海风平浪静，捕鱼大获丰收，全村越发兴旺！我还是少年，请保佑我成为对大海、捕鱼、行船、天气无所不知、无所不能的优秀渔夫吧！请保佑我慈祥的母亲和幼小的弟弟！请在海女下海的季节，保佑海中的母亲免遭各种危险的侵袭！……还有一个无理的请求，请有一天给我这样的人也赐下一个温柔美丽的新娘！……比如回到宫田照吉家的姑娘那样的……”

风来了，松树梢头沙沙作响。这时，吹入神社幽暗深处的风发出了庄严的回响。海神似乎俯允了小伙子的祈求。

新治仰望星空，做了个深呼吸，心想：我的祈祷如此自私，神不会降下惩罚吧？

第四章

四五天之后，狂风大作。波涛越过歌岛港的防波堤，溅起高高的水花。大海到处雪浪翻滚。

天气晴朗，可由于大风，全村还在休渔。于是，母亲让新治上午搬完青年会的石材之后，去把她在山里收集的柴火运回来。那些柴火放在山上的原陆军观察哨遗址，上面扎了红布。

新治背上装柴火的木架离开家，去观察哨的路要经过灯塔。拐过女人坡之后，风竟然不可思议地停了。灯塔长家里静悄悄的，或许正在午睡。灯塔的值班小屋里，可以看见桌前灯塔员的背影，收音机里播放着音乐。攀爬灯塔后面的松林陡坡时，新治出汗了。

山上阒寂无声，不只没有人影，连一条流浪的野狗也没有。这座岛上，因为土地神的忌讳，不要说野狗，连一条家狗也没有。岛上全是斜坡，土地狭窄，所以也没有运输用的牛马。说到家畜，仅有家猫而已。村中一排排房屋之间，是一层层台阶般向下延伸的石子小路。家猫沿着小路走下来，尾巴尖儿拂过房屋投下的不规则的清晰阴影。

小伙子登上山顶，这里是歌岛的最高处。不过，因为四周长满了杨桐和胡颓子等灌木和高高的野草，视野并不开阔，只听得见从草木之间传来的海潮声。从这附近往南下山的路，几乎全被灌木和野草侵占。去观察哨遗址的话，必须绕相当长的路。

不一会儿，松林沙地那边就露出了钢筋混凝土构造的三层观察哨。这座白色的废墟在周围渺无人迹的大自然中显得十分怪异。当年，伊良湖海岬对面的小中山试射场会发射试射炮，士兵则会在二楼阳台上用双筒望远镜确认着弹点。室内的参谋问落在了哪里，士兵做出回答。直到战争开始，宿营的士兵就一直重复着这样的生活，总把不知不觉减少的粮草归咎于狸猫作祟。

小伙子瞧了瞧观察哨的第一层，捆好的枯松针堆得像小山一样。这一层似乎是用来放置杂物的，由于窗户极小，有几扇窗户的玻璃竟然完好无损。借助从中透过的微弱光亮，他立刻找到了母亲做的标记。几捆柴火上扎着红布条，上面用稚拙的墨字写着母亲的名字：久保登美。

新治放下背着的木架，将枯松针和成捆的柴火绑上去。许久没来观察哨，马上就回去的话未免太可惜。于是他把东西暂时放在一边，迈上了混凝土楼梯。

这时，楼上发出了木石相撞的轻微声响。他屏气细听，声音又没有了，肯定是心理作用吧。

登上楼梯，来到废墟的第二层。巨大的窗户没有玻璃也没有窗框。窗外是环绕四周的凄凉大海。阳台的铁栅栏也不见了，淡墨色的墙壁上残留着士兵们用白粉笔胡乱涂写的字迹。

新治继续上楼。目光透过三楼窗户落在折断的国旗旗杆上时，他听到了有人啜泣的声音。这一次听得相当分明。他猛然跃起，穿着运动鞋的双脚轻盈地跑上了屋顶。

见到这个连脚步声都没发出的小伙子突然出现在眼前，大吃一惊的毋宁说是对方。正在哭泣的是一位穿木屐的少女。她止住哭声，呆站在原地。原来是初江。

这意想不到的幸福会面让小伙子不禁怀疑自己的眼睛。两人如同在森林里偶遇的两只动物，警戒心和好奇心交织，只是面面相觑地站在那里。新治好不容易才开口问道："你是初江吧？"

初江不由自主地点了点头，但随后露出了惊讶的神色，不知对方怎么会知道自己的名字。但这个小伙子那双拼命睁大的饱含真诚的乌黑眸子，似乎让初江想起了海滨上一个劲儿盯着自己看的那个小伙子的面孔。

"是你在哭吗？"

"是我。"

“为什么哭呀？”新治像警察一样盘问道。

没想到少女回答得相当爽快。原来，灯塔长夫人召集村里有志学习的少女，教授她们行为举止的礼仪，因为初江是头一次参加，来得太早，便说爬上后山转转也无妨，结果走着走着就迷了路。

这时，二人头上有鸟影掠过，是隼。新治认为这是吉兆。于是，向来笨嘴拙舌的他竟然伶牙俐齿起来，恢复了平常的男子汉气度，提议说，他正要经过灯塔回家，可以将她送到那里。少女根本无意擦拭流下的眼泪，嫣然一笑，仿佛雨中射出的一道阳光。

初江身穿黑哔叽裤和红毛衣，脚上套着红天鹅绒短袜，下面蹬着一双木屐。她站起身，从屋顶边上的混凝土护墙俯瞰着大海，问道：“这房子是干什么用的呀？”

新治同她稍微隔开一段距离，也靠在护墙上，答道：“是观察哨。从这里可以观察大炮的炮弹飞到什么地方去了。”

岛的南侧被山峦遮挡，没有风。阳光照耀下的太平洋尽收眼底。悬崖的松树下面，耸立着被海鸬鹚粪染成白色的岩角。岛附近的海面因为海底的黑海带而呈现出黑褐色。滚滚怒涛拍打着高大的岩石，水花四溅。新治指着其中一块解释道：“那是黑岛，铃木警官就是在那里钓鱼时被海浪卷走的。”

这样的状态让新治感到十分幸福，但初江必须前往灯塔长家的时刻已然迫近。初江起身离开混凝土护墙，转向新治说：“我要走了。”

新治没有回答，露出一副惊讶的模样，因为初江胸前的红毛衣上印出了一道横向黑线。

初江觉察到异常，这才发现混凝土护墙边缘又黑又脏，而自己的胸部先前刚好一直靠在上面。她低下头，用手掌拍打自己的胸脯。毛衣下很像隐藏着什么坚挺的支撑物，那微微的隆起在胡乱拍打下竟微妙地摇晃起来。新治赞叹不已地注视着这一幕。在她手掌的拍打下，乳房反倒如同嬉戏的小动物一般。那富有运动弹力的柔软乳房令小伙子心旌荡漾。那道黑色的污迹被拍打掉了。

新治首先起身，走下混凝土楼梯，身后初江的木屐发出轻微却又十分清脆的声响，在废墟四壁回荡。从二楼走下一楼时，新治背后的木屐声戛然而止。新治一回头，看见少女在笑。

“你笑什么？”

“我黑，但你比我还黑呢。”

“什么？”

“你被晒得太厉害啦。”

小伙子没来由地笑着走下楼梯。正要这样径直走掉的时候，他忽然转身回来——差点忘了母亲交代他来取的柴火。

从那里返回灯塔的路上，新治背着小山一样的一捆捆松针走在少女前面，被问到姓名时才第一次自报家门。随后又连忙补充了一句，拜托少女不要把自己的名字和他们在此相遇的事告诉别人。新治深知村里人爱嚼舌根，初江承诺自己不会说。担心村里人说闲话这一最正当的理由，将这次极普通的偶遇变成了两个人的秘密。

新治默默地走着，还没等他想出下次见面的方法，两人就来到了可以俯瞰灯塔的地方。小伙子告诉了少女一条可以下到灯塔长宿舍背后的近道，自己则在那里同少女分了手，特意绕道回家。

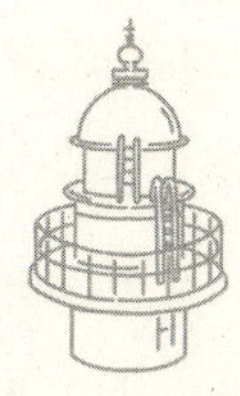

第五章

小伙子之前一直过着清贫却安稳、满足的生活。但从那一天开始，他就被不安所折磨，时时陷入沉思之中。他发现自己身上好像没有一个条件可以吸引初江的心。除了麻疹至今从未患病的健康体魄，能绕歌岛游五圈的本领，自信不输任何人的臂力——这些似乎都不足以令初江动心。

从那以后，新治一直没什么机会同初江见面。每次捕鱼回来，他总会环顾海滨，即便偶尔认出初江的身影，也因为她劳动繁忙，找不到空隙可以上前搭话。她再也没有像从前那样独倚“算盘”眺望大海了。每当小伙子思念得太累，决心再也不想初江的时候，却必定会在捕鱼归来后从海滨喧闹的人群中窥见初江的身影。

都市的少年会先从小说、电影中学习恋爱的方法，可歌岛上根本没有这种模仿对象。所以尽管新治事后回想，在从观察哨到灯塔那仅有两人的宝贵时光里，自己本该做些什么，却还是完全没有头绪，只留下毫无作为、痛失良机的悔恨。

虽然不是周年忌，但父亲的每月忌辰到了，于是一家人一起去扫墓。新治每天要出去捕鱼，所以选择了出海前的时间。新治同还没到上学时间的弟弟，还有拿着线香和佛花的母亲，三人一起出了家门。这座岛上，就算大门不上锁，也不会发生失窃之类的事。

墓地位于村头毗邻海滨的低崖上。满潮时，海水会涨到崖根。凹凸不平的斜坡上埋着许多墓碑，因为沙地地基松软，有的墓碑已经倾斜了。

天光还没有大亮。虽然灯塔方向已经露出鱼肚白，但面朝西北的村庄和港湾依然残留在夜色之中。

新治提着灯笼走在前面，弟弟阿宏揉着惺忪睡眼跟在后面，拉着母亲的袖子说："今天的盒饭，给我四个萩饼[1]吧。"

"傻瓜，两个就够了。吃三个会坏肚子的。"

"不嘛，给我四个嘛。"

在庚申日或者祖先忌辰做的萩饼有枕头那么大。

墓地刮起了寒冷而猛烈的晨风。被岛挡住的海面一片黑暗，远方的海面则染上了一层曙光。环绕伊势海的群山清晰可见。拂

---

1 又叫牡丹饼，是一种用熟糯米或粳米搭配红豆泥制成的日本传统点心。

晓的朦胧亮光中，一座座墓碑看上去犹如停泊在繁忙港口的一艘艘白帆船。再也不会鼓满风的帆，在过于漫长的休息中重重地垂下去，径直化成了石头。锚深深扎进黑暗的土地里，再也拔不起来。

来到父亲墓前，母亲插上了花，连划几根火柴都被风吹熄了，好不容易才点燃了线香。随后，她让两个儿子叩拜，自己也在后面跪下，边拜边哭。这个村里一直流传着“不能让女人与和尚上船”的戒条。父亲死时所乘的船就犯了这个忌讳。一个老太婆死了，渔业协会的船载着尸体去答志岛接受验尸，在离歌岛三英里的地方遇到了B-24舰载轰炸机。炸弹先投下来，接着是机枪扫射。平时那名轮机员这天不在，代理轮机员不熟悉机器。停止运转的引擎冒出的黑烟成了敌机的目标。

管道和烟筒被炸裂了。新治父亲耳朵以上的头部都被炸开了花。一个人被打中了眼睛，当场死亡。一个人后背中弹，子弹打入肺部并留在了那里。一个人伤了腿。一个人屁股上的肉被削掉，因为出血过多，很快就死了。

甲板和船底变成了血池。石油罐被射中，泄出的石油落在鲜血之上。有人因此无法采取俯卧姿势，于是腰部受伤。藏在船头船舱冷藏库里的四个人幸免于难。一个人不顾一切地钻出船桥的背窗逃走了，回来之后他试着再钻一次那个小圆窗，却无论如何都钻不过去了。

就这样，十一个人中死了三个。尽管如此，盖着一张草席躺在甲板上的老太婆的尸体，却一颗子弹也没挨。

“捞玉筋鱼的时候，爸爸真的很可怕。”新治回头看着母亲说，“我每天都挨打，都来不及消肿。”

捞玉筋鱼是在外海的四寻泽中进行的，需要高难度的捕鱼技术。这种捕鱼方法使用扎着鸟羽、韧性良好的竹竿，模仿在海底追逐海鱼的海鸟，要求捕鱼者必须默契配合。

“那是当然的呀。捞玉筋鱼这活儿，只有最厉害的渔夫才干得了嘛。”

阿宏没有理会哥哥与母亲的对话，一心只想着十天后的修学旅行。哥哥在弟弟这个年龄时，因为家里贫困，没能去修学旅行，现在则用自己赚的钱给弟弟攒够了旅费。

一家人扫完墓后，新治独自一人直接来到海滨，为渔船出海做准备。母亲回家去拿盒饭，打算在新治出海前交给他。

小伙子急匆匆来到“太平号”的时候，来往路人的话语随晨风飘进他的耳朵。

“听说川本家的安夫要做初江的上门女婿啦。”

新治听到这话，心情顿时一片黑暗。

这一天，“太平号”又是在捕捞章鱼的劳作中度过的。

归港前的十一个小时里，新治几乎没有开口说话，只顾拼命捕鱼。他平常就寡言少语，就算不说话也不怎么惹人注意。

返回港口，像往常一样靠上渔业协会的船，把章鱼卸下来。其他的鱼则通过中间人卖给个体鱼类批发商，送到叫作“买船”的船上。黑鲷在秤上的金属笼子里蹦跳挣扎，鳞片在夕阳下闪闪发光。

今天是每十天一次的发薪日，新治和龙二跟着师傅来到渔业协会办公室。这十天的捕鱼量有四十多贯[1]，扣除渔业协会的销售手续费、一成先行扣除的储蓄款和损耗费，还有二万七千九百九十七日元的纯利。按照分成比例，新治从师傅那里拿到了四千日元的收入。现在捕鱼旺季已过，这份收入算是不错的了。

小伙子舔舔手指，用粗大的手认真点了点钞，然后把钱放回写着名字的纸袋，塞进夹克内袋的深处，接着给师傅鞠了一躬，离开了办公室。师傅和渔业协会会长围着火盆，互相夸耀着各自用黑珊瑚亲手制作的烟嘴。

打算径直回家的小伙子的脚步，自然而然地朝暮色中的海滨迈去。

海滨上，最后一只船正在被拖上岸。转动绞盘的男人和帮忙拉缆绳的男人寥寥无几，两个女人将“算盘”垫在船下往上推，

1 日本旧制重量单位，1贯约合3.75千克。

一看就知道没什么进展。海滨夜幕低垂，时常出来帮忙的中学生也不见踪影，新治想去助一臂之力。

这时，推船的一个女人抬起脸朝这边看来，是初江。新治不想见到这张一大早就让自己抑郁消沉的少女的脸，但他的脚还是走了过去。汗涔涔的额头，红扑扑的双颊，凝视着船被拖去的方向的那对乌黑发亮的眸子——这张脸在沉沉暮色中燃烧着。新治无法将视线从她脸上移开。他默默地抓住缆绳，转动绞盘的男人说了句“太感谢啦”。新治的胳膊强壮有力，船立刻就在沙滩上爬升起来，女人连忙拿着“算盘”向船尾跑去。

把船拖上岸后，新治头也不回地朝自家走去。他很想回头，但还是忍住了。

打开拉门，新治像往常一样看到了昏暗的煤油灯下铺着的红褐色草席。弟弟趴在上面，读着伸到灯下的教科书。母亲一直在灶边忙碌。新治穿着长筒胶靴，上半身一骨碌，仰面躺在草席上。

“你回来啦。”母亲说。

新治喜欢一声不吭地把装钱的纸袋交给母亲。母亲也明白儿子的心意，于是总装作忘了发旬工资的日子。因为她知道，儿子希望看到自己惊讶的表情。

新治把手伸进夹克内袋。钱不见了。他又摸了摸另一侧的口袋，摸了摸裤子口袋，连裤子里面也伸进去摸了。

肯定是掉在海滨上了。他二话不说就跑了出去。

新治跑出去不一会儿，便有人来访。母亲来到门口，看到昏暗的门外站着一个少女。

“新治在吗？”

“刚回来又出去了。”

“我在海滨捡到了这个，上面写着新治的名字，所以……”

“哎呀，你真是太好心了！新治应该就是去找这个了吧。”

“我去告诉他好了。”

“这样啊，那太感谢啦。”

海滨已经漆黑一片。答志岛和菅岛的微弱灯火在海面上闪烁。满天星光下，众多渔船陷入安静的沉睡，船头威风凛凛地朝大海方向排列着。

初江看见了新治。但刚一看到，那身影就被船挡住了。新治似乎在低头找东西，所以没有发现初江。两人正好在一艘船的阴影中碰到一块儿。小伙子茫然地站在原地。

少女解释了来意，说自己是特来告诉新治，钱已经送到了他母亲手里；还说曾向两三个人打听新治家的地址，为了不引起别人猜疑，每次都出示了装钱的纸袋。

小伙子放心地长出一口气。他微笑时露出的白牙在黑暗中格外漂亮。因为是急匆匆赶来的，少女气喘吁吁，胸脯剧烈地起伏着。新治想起了海上的滚滚碧波。从早晨便困扰自己的苦恼消失了，他重新鼓起了勇气。

“听说川本家的安夫要去当你家的上门女婿，这是真的吗？”小伙子脱口问道。

少女闻言笑了，笑得越来越厉害，最后差点喘不上气。新治想让她停下来，但她就是停不下来。他把手搭在少女肩上，明明没有用多大的力，初江却一下子瘫倒在沙滩上，依旧笑个不停。

“你怎么啦？怎么啦？”新治在少女身边蹲下，摇晃着她的肩膀。

少女终于止住笑，回过神，从正面认真注视着小伙子的脸，可又扑哧一声笑出来。

新治把脸凑过去，问道：“是真的吗？”

“傻瓜，那是胡说八道呀。”

“但大伙儿都这么说。”

“都是胡说八道。”

两人在船影中抱膝而坐。

“噢，好难受。笑得太厉害了，这里不舒服。”

少女按着胸脯。褪了色的斜纹哔叽工作服，只有胸口部位在剧烈起伏。

“这里痛起来了。”初江又说道。

“没事吧？”新治不由自主地伸手去摸。

“给我按住的话，我会好受一点。”少女说。

听到这话，新治心跳也骤然加速。两个人的脸凑得非常近，可以闻到对方身上如海潮般强烈的气味，感受到对方身体的热量。干裂的嘴唇触碰到一块儿，带着一丝咸味，新治觉得就像海藻。这一瞬间过去后，有生以来前所未有的体验让他有点心虚，不由得抽身站了起来。

“明天捕鱼回来，我要去灯塔长家送鱼。”新治眺望着大海，重振威严，拿出男子汉的态度宣布道。

“我会在你之前去灯塔长家。”少女也望着大海宣布道。

两人分别从船两侧走开。新治本想径直回家，却发现少女没有从船影中现身，但投在沙滩上的影子表明，少女正藏在船尾。

“影子露出来了哦。”小伙子提醒道。话音刚落，只见一个穿着粗条纹工作服的少女像野兽一样从船尾跳出来，头也不回地沿海滨一溜烟儿跑远了。

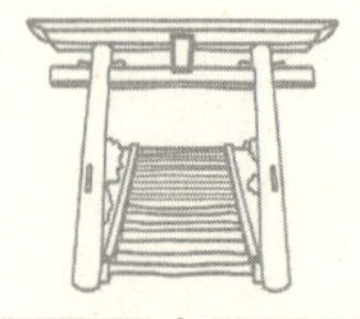

第六章

第二天，新治捕鱼归来，提着两条用稻草穿腮吊起来的五六寸长的老虎鱼，朝灯塔长宿舍走去。爬到八代神社后面的时候，他想起还没有感谢神灵迅速赐下的恩宠，便绕到前面，献上了虔诚的祈祷。

祈祷结束后，他望着已经笼罩在月光下的伊势海，做了个深呼吸。朵朵夜云浮在大海上空，宛如古代诸神。

小伙子感到，他周围这丰饶的自然与他自己达成了无上的和谐。他深深吸入的空气，仿佛是大自然不可见的一部分，渗入了小伙子身体的深处；他听到的海潮声，仿佛是大海的巨潮同他体内朝气蓬勃的血潮在合奏共鸣。新治的日常生活并不需要音乐，这无疑是因为大自然本身就满足了他对音乐的需求。

新治把老虎鱼提到眼前，冲着那长着刺的丑陋鱼头吐了吐舌头。鱼分明还活着，却纹丝不动。于是新治捅了捅鱼的下颌，一条鱼立刻在空中蹦跶了一下。

小伙子舍不得让幸福的幽会过早到来，就这样磨蹭了一路。

灯塔长和夫人都对新来的初江抱有好感。上一刻还以为她沉默寡言，不讨人喜欢，谁知下一刻她就少女气十足地笑了起来。她虽然看上去有点呆，但其实相当机灵。礼仪学习会结束的时候，其他姑娘都没意识到，初江却飞快地收拾好她们喝过的茶碗，一边洗刷，一边帮夫人清洗了别的东西。

灯塔长夫妇有个在东京上大学的女儿，只在放假时才回来。夫妇俩就把常来家里的村中姑娘当作自己的亲生女儿，真心实意地关怀她们的境遇，为她们的幸福而高兴，就像那是自己的幸福一般。

灯塔长已经守了三十年灯塔，性格固执，还会用惊雷一样的大嗓门怒斥偷偷潜入灯塔探险的村中顽童。孩子们都很怕他，但他其实是个心地善良的人。孤独让他根本不相信世上还有心怀恶意的人。在灯塔上，最好的事情莫过于有客人来访。无论是在哪座偏僻的灯塔，远道来访的客人都不可能暗藏恶意。何况，只要被当作稀客受到坦诚的款待，无论是谁，即便怀有恶意，也都会消散的。事实正如他常说的那样："恶意走不了善意那样远。"

灯塔长夫人也是非常好的人。她过去曾是乡村女校老师，漫长的灯塔生活更让她养成了读书的习惯，于是她就像一部百科全书，无事不通。她既知道斯卡拉歌剧院位于米兰，也知道东京的某位电影女演员最近在什么地方扭伤了右脚。在辩论中驳倒丈夫之后，她又会专心为丈夫缝补袜子、准备晚饭。客人一来，她就会滔滔不绝地说个不停。村里有人对这位夫人的雄辩听得入了迷，竟然拿自己沉默寡言的老婆来做比较，然后多管闲事地同情起灯塔长来。不过，灯塔长非常尊重夫人的学识。

灯塔长的宿舍是三间平房，一切都和灯塔内部一样，收拾得干干净净，擦拭得光亮如新。柱子上挂着海运公司的日历，餐室地炉里的灰总是弄得平平整整。即便女儿不在，客厅角落的书桌上也摆着法国洋娃娃，蓝色的玻璃空笔盒在桌上闪闪发光。屋后还放着铁锅澡盆，烧的是灯塔用的机械油残渣转变成的煤气。和脏兮兮的渔夫家不一样，这里连挂在厕所门口的靛蓝色手巾都总是洗得清清爽爽。

一天大半的时间，灯塔长都坐在地炉旁边，吸着插在黄铜烟管里的“新生”牌香烟。白天灯塔里毫无生气，只有年轻的灯塔员在值班小屋里记录着船舶通行情况。

那天临近黄昏时分，尽管没有上次那种聚会，初江还是带着一包用报纸裹起来的海参来了。在藏青色哔叽连衣裙下，她穿着一双肉色的长棉袜，外面还套着红短袜。毛衣还是常穿的那件绯红色的。

她一进门，灯塔长夫人就马上直率地说：“初江，穿藏青色裙子的时候，袜子配黑色的才好。你应该有吧？有一次你穿着来过。”

“嗯。”初江脸上泛出淡淡的红晕，在地炉旁坐下。

上次学习会上，大家多多少少都有点正襟危坐，夫人也是一副讲课的口气。这一回，夫人在这地炉旁像换了个人似的，带头聊起了家常。每次见到年轻姑娘，夫人就会从一般恋爱观谈到“你有没有意中人”。有时候，见姑娘忸忸怩怩，连灯塔长也会提出些让人难为情的问题。

天色开始暗了，夫妇俩再三劝初江吃过晚饭再走。但初江回答说，老父亲一个人在家等着，自己必须回去，然后主动帮助灯塔长夫妇准备晚饭。她先前连端上来的点心也没吃，只是埋着通红的脸，可一进厨房她就突然精神起来，一边切海参，一边唱起昨天从伯母那儿学来的伊势民谣。这曲子是在盂兰盆节跳集体舞时唱的，在岛上流传甚广。

…………

高衣橱、长衣柜、旅行衣箱，

既然带走这许多，

就别想着再回来。

母亲哟，听我说，这个我可做不到。

东边阴来就刮风，

西边阴来就下雨，

就算载了千石物，

只要不再吹顺风，哟咿喂，船儿去了也要回。

…………

“哎呀，我来岛上三年都没学会的歌，初江你已经学会了啊。”夫人说。

“因为这和老崎那边的歌差不多啊。”初江说。

这时，漆黑的屋外响起了脚步声，一个声音从暗处唤道：“打扰啦。”

夫人从厨房门口探出头来。“这不是新治吗？哎呀，还有鱼，谢谢啦。孩子他爹，久保送鱼来啦。”

“总是麻烦你，太感谢了。”灯塔长说，并未从地炉旁离开，“快进屋吧，新治君。”

就在这你一言我一语的纷乱之中，新治和初江交换了一下目光。新治微微一笑，初江也微微一笑，但突然转过身的夫人瞥见了两人的微笑。

“你们俩认识呀。嗯，毕竟是个小村子嘛。这样更好。新治君，快请进吧……啊，最近东京的千代子来信了，还特意向新治问好呢。千代子八成喜欢上新治了吧。她马上就要放春假回来了。到时候来玩啊。”

这句话给正要进门的新治当头淋了一盆冷水。初江转向水槽，没有再回头。小伙子则退回到夜色之中，灯塔长夫妇再三挽留也不进来，只是在远处鞠了个躬就转身离开了。

“新治挺爱害羞呀，孩子他爹！”

夫人说笑个不停。整个屋子都回荡着她一个人的笑声。灯塔长和初江都没有应声。

新治在拐过女人坡的地方等初江。

灯塔周围暮色苍茫，而在这个坡上的拐角处，依然残留着一抹朦胧的落日余晖。虽然松影重重，眼前的大海却铺满残光。今天，春天的东风第一次从海面吹来，吹了一整天，但到傍晚也不刺骨。拐过女人坡，连这股风也消失了，只有那薄暮的沉静光芒从云缝中流泻下来。

歌岛对面的短岬延伸到海中，岬角断断续续，几块岩石劈开白浪，昂然耸峙。海岬附近格外明亮。海岬顶端矗立着一棵红松，那沐浴着夕阳余晖的树干清晰地映入了小伙子视力极佳的眼中。霎时，树干上的光芒消失了。仰头一看，天上的云层黑压压一片，群星开始在东山的尽头闪烁。

新治把耳朵贴在岩角上，听到了走下灯塔长宿舍家门前的石阶、沿着石板路向这边走来的细碎脚步声。出于恶作剧心理，他打算藏在那里吓初江一跳。可是，随着那可爱的脚步声越来越近，他又担心吓着姑娘，反倒用口哨吹起了刚才初江唱过的伊势民谣中的一节，好让对方知道自己在哪儿。

…………

东边阴来就刮风，

西边阴来就下雨，

就算载了千石物，

…………

初江拐过女人坡，好像没有发现新治在那里一样，迈着同样的步伐径直走过。新治连忙追上去。

“喂——喂——”

尽管他在背后呼唤，少女还是没有回头。一筹莫展的小伙子只好默默地跟着少女走。

在松林的包围下，道路变得黑暗险峻起来。少女打着手电筒照亮前路，步伐越来越慢。不知不觉间，新治竟走到了前面。伴着一声轻微的惊叫，手电筒光柱像腾空而起的鸟儿一样突然从松树树干飞向树梢。小伙子灵敏地转过身，把摔倒的少女抱了起来。

虽说这样做是形势所迫，但刚才自己埋伏在路边，吹口哨发信号，还一路紧追不舍，简直就是一副小流氓嘴脸，小伙子不由得深感羞愧。于是，他扶起初江后，并没有重复昨天那种爱抚，而是像哥哥一样温柔地拂掉少女衣服上的泥土。泥沙掺半的干燥泥土一拍就掉了。所幸初江好像没有受伤。在这期间，少女像个孩子似的把手搭在小伙子壮实的肩膀上，一动不动。

初江寻找从手中掉落的手电筒，它就躺在两人背后的地上，展开一片扇形的淡淡光亮。光照射到的地方铺满了松针，岛上深沉的夜色包围着这一点微茫的亮光。

“原来在这儿呀。八成是摔倒的时候甩到背后去了吧。”少女高兴地笑道。

“你在生什么气呀？”新治认真地问。

“还不是千代子的事。”

“傻瓜。”

“你们之间没什么吧？”

“什么都没有。”

两人并肩前行，拿手电筒的新治像领航员一样逐一指点着不好走的地方。因为没有话题，原本沉默寡言的新治只好结结巴巴地说开了：

“总有一天，我要用工作攒下的钱买条机帆船，和弟弟一起运输纪州的木材和九州的煤炭，让母亲过上舒服日子。等我老了，也会回到岛上享享清福。不管航行到什么地方，我都不会忘记这座岛。我要和大家一起努力，让岛上的景色成为全日本最美的（歌岛的人都这样认为），还要让岛上的生活比任何地方都和平，比任何地方都幸福。不然的话，谁都不会想起这座岛了。不管外面世道如何，那些极其恶劣的习惯总是在传到岛上之前就消失了。大海啊，只会送来岛上需要的正直善良的东西，保护留在岛上的正直善良的东西。所以，这座岛上没有一个小偷，总是生活着一群真正的男子汉，他们真心实意、踏实肯干、任劳任怨、爱情专一、胸怀勇气，没有半点卑劣之处。”

当然，这番话说得语无伦次，断断续续，没有那么条理清晰。但小伙子还是以罕见的辩才，向少女一股脑儿地讲出了这些话。初江没有作答，只是不住地点头。她没有显露出丝毫厌倦，表情上充满了真诚的同感与信赖，这让新治喜出望外。在这次严肃交谈的结尾，为了避免被当作不正经的人，小伙子故意省略了自己向海神祈祷时说的最后那句重要的话。现在没有任何东西可以阻碍两人，道路也彻底笼罩在茂密树林的阴影之中，但这次新治没有握住初江的手，更没有想到去接吻。昨天黄昏在海滨发生的事，似乎完全不是出自他们两人的意志，而是由外力导致的意想不到的偶发事件。为何会发生那种事，真是不可思议。他们最后只是勉强约定，下个休渔日的下午在观察哨见面。

经过八代神社后面的时候，先是初江发出一声轻轻的惊叹，停下了脚步，然后新治也站住了。

村子里家家户户灯火通明。恰如一场无声的华丽祭典的开场，所有窗户中都闪烁着明亮而坚定的光芒，同烟熏火燎的煤油灯截然不同。村庄从暗夜中苏醒过来，浮现在他们眼前。长期故障的发电机修好了。

进村前，两人分道而行。初江独自走下了许久没有被室外灯照亮的石阶。

第七章

新治的弟弟阿宏出发去修学旅行的日子到了，计划在京阪地区周游六天五夜。迄今从未出过歌岛的少年们一口气亲眼见识了广阔的外部世界。从前到内地修学旅行的小学生头一次看到圆太郎马车[1]，会瞪圆了眼睛叫道："嘿，大狗拉着茅房到处跑哩！"

岛上的孩子首先通过教科书上的图画和说明学习概念，而不是接触实物。仅仅在想象中描绘电车、大厦、电影院、地铁的形象，是多么困难啊。可是，一旦接触了实物，体验了新鲜与惊奇之后，他们便能清晰地认识到概念是多么没用。此后在岛上度过的漫长一年当中，他们甚至都不会去想象都市的道路上电车正在喧嚣中往来穿梭。

1 日本明治时代公共马车的俗称。

一到修学旅行，八代神社的护身符就很畅销。母亲们觉得，孩子们前往她们自己都从未见过的大都市，就像是要拼上性命进行一场大冒险。可是，在她们的日常工作里，周围的大海中明明无时无刻不潜藏着死亡和危险。

阿宏的母亲一狠心，买了两个鸡蛋，做了一份很咸的煎鸡蛋盒饭，把奶糖和水果藏到了书包深处不易发现的地方。

只有这天，渡船"神风号"特意在下午一点才从歌岛出发。这艘蒸汽船载重不足二十吨，行驶起来隆隆作响，船长顽固而老练，一般情况下对"例外"深恶痛绝。可这一次轮到自己的孩子去修学旅行，而且他知道如果船过早抵达鸟羽，在乘上适当的火车之前，孩子们得花钱消磨时间，所以从这年开始，他勉强同意了学校推迟开船时间的要求。

"神风号"的船舱和甲板上挤满了斜挎着水壶和书包、带子在胸前交叉成十字的学生。领队老师害怕挤满码头的母亲们。在歌岛村，母亲们的意向左右着老师的地位。有个很受母亲们欢迎的男教师，虽然同女教师生了私生子，却还是升为代理副校长。

这是个春光明媚的下午，船一启动，母亲们就纷纷呼唤自己孩子的名字。下巴上系着帽带的学生们估计码头上的人已看不清自己的面孔，便对着港口戏谑地叫喊着"傻瓜""喂——混蛋""臭狗屎"之类的脏话。渡轮满载着身穿黑色制服的学生，将徽章和铜纽扣的闪光带向了远方。阿宏的母亲坐在家中的草席上。这里即便大白天也昏沉沉、静悄悄的。想到两个儿子不久后都将抛下自己出海，她不由得泪如雨下。

在真珠岛旁的鸟羽港码头上，学生们刚刚下了船，“神风号”又恢复了往日充满乡土气息的悠闲状态，开始为返回歌岛做准备。蒸汽船的旧烟囱上扣了一个提桶。船头背面和吊在栈桥上的大鱼篓上，反射着摇曳的波光。面朝大海的灰色仓库上，用白漆写着一个大大的“冰”字。

灯塔长的女儿千代子提着旅行手提包站在码头远端。这个性格孤僻的姑娘回到阔别许久的岛上，却又讨厌岛上的人上前搭话。

千代子穿着朴素的深褐色西服，让那张没有涂脂抹粉的脸越发不惹眼了。虽然她的模样并不吸引人，但五官线条粗犷疏朗，某些人看了或许会动心。然而，千代子总是阴沉着脸，固执地认为自己不美。如今，这种想法是她在东京的大学习得的“教养”的最显著成果。但是，认为如此普通的长相不那么美，或许同认为自己是个绝代美人一样，都过于自以为是了。

善良的父亲也在不知不觉中帮助千代子形成了这种忧郁的认识。女儿总是露骨地哀叹，自己生得这么丑，都是父亲的遗传所致。所以尽管女儿就在隔壁，老实的灯塔长还是会当着客人发出这样的抱怨：“唉，真是的，我那花样年华的女儿呀，正为自己不漂亮而苦恼哩。这都是我这个父亲长得丑造成的。虽然我感到自己有责任，但这也是命呀。”

肩膀被拍了一下，千代子转过头来。川本穿着油光滑亮的皮夹克，正笑嘻嘻地站在那里。

“哟，回来啦。放春假了吗？”

“嗯。昨天就考完试了。”

“你是回来吃妈妈奶的吧。”

安夫受父亲委托给渔业协会办事，前一天去了津市的县政府，在鸟羽亲戚经营的旅馆住了一晚，正要乘这艘船回歌岛。能在东京的女大学生面前展示自己会讲标准语，他感到颇为得意。

从这个与自己同岁的圆滑世故的少年的举止中，千代子感到了男人断定“这女人有意于我”的快活劲儿。有了这种感觉，她就越发畏缩了，心想“又来了”。但受到在东京看过的电影和小说的影响，哪怕一次也好，她也想看看男人那种“我爱你”的眼神。不过，她从一开始就料定，那种眼神，自己一辈子都是见不到的。

从“神风号”传来一个破锣嗓子的呼喊：“喂，被褥还没拿来呢，去看看呀——”

不一会儿，只见码头上走来一个男人，扛着一大包裹在蔓藤花纹包袱皮里的被褥，一半身影笼罩在仓库的阴影下。

“到开船时间啦。”安夫说。

从码头跳上船时，他拉着千代子的手帮她跳了过来。千代子感到这铁一般的手掌和东京男人的手掌不同，但通过这只手掌，她却能想象从未握过的新治的手掌。

从天窗式的小入口望进去，只见阴暗的船舱里，几个人躺在草席上，他们脖子上缠着白毛巾，眼镜闪烁着点点反光。对已经适应室外光线的眼睛来说，这一切反倒越发昏暗沉滞。

“还是甲板上好啊。就算冷点，也还是这里好。”安夫和千代子来到可以避风的船桥内侧，靠着卷起来的缆绳坐下。

“喂，抬抬屁股。”船长的年轻助手粗鲁地说，从两人身下拽出一块木板。原来他们坐在了船舱入口的盖板上。

在油漆剥落起翘、木纹大半露出的船桥上，船长敲响了钟。“神风号”扬帆起航了。

两人眺望着渐渐远去的鸟羽港，任由身体随老引擎一起震动。安夫本打算向千代子透露自己昨晚偷偷买春的事，但最终忍住没说。要是在一般的农村或渔村，睡过女人本应成为安夫夸夸其谈的资本。但在民风淳朴的歌岛，他决定守口如瓶，年纪轻轻就装出一副道貌岸然的伪善面孔。

海鸥飞得比鸟羽站前的缆车铁塔更高的瞬间，千代子在心中打了个赌。畏缩不前、在东京没有经历任何冒险的她，每次回岛时都祈祷自己身上能发生什么翻天覆地的大事。如果船远离了鸟羽港，那不管飞得多么低的海鸥，都能轻而易举地越过远方小小的铁塔。但铁塔依然高高耸立着。千代子将红皮带手表凑到眼前，看了看秒针，心想：要是接下来的三十秒之内海鸥能飞越铁塔，那就肯定有好事等着我。五秒过去了。一只尾随着船的海鸥突然振翅高飞，越过了铁塔。

趁自己的微笑还没引起怀疑，千代子开口说："岛上有什么变化吗？"

船从坂手岛左侧驶过。安夫把短得就快烧到嘴唇的烟头丢在甲板上踩灭，答道："没什么变化……啊，对了，发电机出了故障，直到十天前，村子里都一直在用煤油灯。现在机器已经修好了。"

"这事儿母亲在信里写过。"

"是吗？要说别的新闻的话……"

春光满溢的大海波光粼粼，他不由得眯起了眼。海上保安厅纯白色的"鹎号"巡逻艇在十米开外通过，向鸟羽港驶去。

"对了，宫田家的照大爷把女儿叫回来了。她叫初江，长得漂亮极了。"

"哦。"

听到"漂亮"这个词，千代子立刻沉下了脸。单是这个词，听起来就像是对自己的责难。

"照大爷很喜欢我，我又是家中次子，村里都在传我要当初江家的上门女婿啦。”

不久后，“神风号”右边出现了菅岛，左边出现了巨大的答志岛。一旦离开这两个岛之间的海域，即使是在风平浪静的日子，汹涌的波涛也会将船体摇晃得嘎吱作响。从这一带开始，常有海鸬鹚在波浪中游来游去，还可以看见大洋中岩礁林立的浅水区。一见到那里，安夫就皱起了眉，将视线从歌岛这唯一的屈辱见证上移开。自古以来，每次争夺那片浅水区的捕鱼权，都有小伙子要流血，而如今这一权利已归答志岛所有。

千代子和安夫站起身，隔着低矮的船桥，等待海面上浮现出歌岛的身影。歌岛一如既往地从水平线上露出了模模糊糊、状如神秘头盔的身影。船随波倾斜，那头盔也跟着倾斜起来。

第八章

休渔的日子迟迟未到。阿宏去修学旅行的第二天，一场暴风雨袭击全岛，终于不得不休渔了。岛上屈指可数的樱花树刚刚绽出花蕾，经过这场暴风雨，恐怕凋零得一朵不剩了吧。

前一天，反季节的湿风不停地吹打着船帆，奇异的晚霞布满天空。巨浪汹涌，海滨涛声阵阵，海蛆和木虱一个劲儿地往高处爬。半夜里，刮起了裹挟着雨水的强风。从海上和空中传来了犹如尖叫或笛鸣的声响。

新治在被窝里听到了这种声音。仅凭这一点，他就知道今天会休渔。如此一来，就不能修理渔具，也不能搓渔网线了，青年会的捕鼠活动估计也搞不成了。

心地善良的儿子不忍惊醒还在身旁熟睡的母亲，便继续待在被窝里，专心等待窗外发白。房子剧烈摇晃，窗户咔嗒作响，不知哪里发出了马口铁板倒地的刺耳声响。歌岛上的房屋，不论是大房子，还是新治家这样的小平房，都是相同的结构：入口是一个土间[1]，左边靠着厕所，右边挨着厨房。狂风暴雨中，静静飘荡着的，是破晓前充斥全屋的唯一气味——熏人的、冰凉的、引人冥思的厕所气味。

面对邻家仓房土墙的窗户迟迟才开始发白。他抬起头，看着刮到檐前、顺着窗玻璃哗哗淌下的暴雨。直到不久前，他还憎恶把劳动喜悦和工资收入双双夺走的休渔日，现在却觉得它像一个盛大的节日。装饰这个节日的不是蓝天、国旗和璀璨的金珠，而是暴风雨、怒涛和从倒伏的树梢掠过的狂风的呼啸。

小伙子等不下去了，从被窝里跳起来，套上满是窟窿的圆领黑毛衣，穿上裤子。不一会儿，醒来的母亲看见窗前微光中的男人黑影，叫道："呀，是谁？"

"我呀。"

"别吓人啊。今天这么大的风雨，也要去捕鱼吗？"

"今天休渔。"

"休渔的话，可以再睡一会儿嘛。真是的，我还以为屋里进了陌生人哩。"

1 日本的老式住宅设置有"土间"（未铺装的室内空间），土间与地面同高，是夯实的三合土。作为唯一可以穿鞋进出的室内空间，土间可用作厨房、工作室、玄关等。

母亲醒来后的第一印象是准确的。儿子看上去的确像个陌生的男人。平常沉默寡言的新治，这会儿居然大声唱着歌，吊在门楣上模仿器械体操的动作。

母亲训斥他这样要把房子弄坏。

“外面狂风暴雨，家里也狂风暴雨呀。”不知个中缘由的母亲抱怨道。

新治反反复复站起来去看被烟熏黑的挂钟。他对别人总是心存信任，丝毫没有怀疑女孩会不会冒着暴风雨来赴约。小伙子的头脑缺乏想象力，所以不安也好，喜悦也好，他都不知如何通过想象力使其更丰富、更复杂，来打发这忧郁愁闷的时间。

他不堪忍受等待的熬煎，于是披上橡胶雨衣去看大海，似乎只有大海才能回答他那无言的问话。惊涛骇浪高高地冲上防波堤，发出可怕的轰鸣，然后溃散开来。根据昨夜的暴风雨特别警报，所有的船都被拖到了比平常高得多的地方。海水推进到意想不到的距离。巨浪退去的时候，水面急剧倾斜，海港内部几乎露出了底。浪花夹着雨水，从正面扑打着新治的脸。海水飞溅到滚烫的面庞上，顺着鼻梁流下，那浓烈的咸味让他想起了初江嘴唇的味道。

飞云乱渡，天空忽明忽暗。天空深处，偶尔会出现饱含不透明亮光的云朵，似乎预示着天要放晴，但转眼又消失不见。新治专心凝望着天空，没留意海浪涌到脚下，打湿了木屐带。一只美丽的桃色小贝壳落在他脚边，好像是刚才的海浪送来的。拾起一看，贝壳形态完整，纤薄的边缘一点破损的痕迹也没有。小伙子将它收进衣兜，打算当作礼物。

吃完午饭，他马上准备出门。母亲一边洗餐具，一边使劲盯着又要到暴风雨中去的儿子。她没有问儿子要去哪儿，儿子的背影里也透着不容探询的力量。她后悔自己没生一个总能待在家里帮自己干家务的女儿。

男人出海捕鱼，乘机帆船向各个港口运送货物。和这个广阔世界无缘的女人则烧饭、打水、采海藻，夏天到了就潜入水中，下到深深的海底。在海女当中也算老练的母亲知道，幽暗的海底世界才是女人的世界。白天也昏沉沉的家中，分娩时昏沉沉的痛苦，还有昏沉沉的海底，这一切相互紧密联系，构成了她生活的世界。

母亲想起了一个同为寡妇的女人，她身体虚弱，有个正吃奶的孩子。前年夏天，这女人从海底捞上鲍鱼，点燃篝火取暖时突然昏倒在地，眼睛翻白，紧咬着发青的嘴唇。黄昏时分，在松林焚烧她的尸体时，悲不自胜的海女都站立不住，蹲在地上痛哭。

怪诞的谣言传开，有女人开始害怕潜水。据说那个死去的女人在海底看见了不该看的恐怖之物，遭了报应。

新治的母亲对这个谣言嗤之以鼻，在海中潜得越来越深，也得到了比谁都多的收获，因为她决不会让未知的东西烦扰心神。

即使这样的回忆也没有令她伤心。她天性爽朗，以自己的健康为傲，并且同儿子一样，心情因为暴风雨的到来而分外愉悦。洗好碗碟后，在嘎吱作响、透着微光的窗下，她撩起衣服下摆，仔细观察伸出的大腿。晒得黝黑的结实大腿上没有一丝皱纹，明显隆起的肌肉闪烁着近似琥珀色的光泽。

我这身板，还可以再生三五个孩子哩。

她刚冒出这一念头，那颗贞洁之心灵就突然惊恐起来。于是她整了整装束，叩拜了丈夫的牌位。

通往灯塔的坡道上，雨水化为奔流，冲洗着正在爬坡的小伙子的双脚。狂风在松树梢头咆哮。穿着长筒胶鞋很难行走，又没有打伞，他感到雨水顺着自己平头下的皮肤流进了领口。但小伙子依然迎着暴风雨继续攀登。他并不想去对抗暴风雨，此时此刻，他的内心对这自然的狂躁产生了难以名状的亲近感，正如平静的幸福感是在与平静的自然的联系中得到确认的一样。

从松林中俯瞰大海，白浪争先恐后地奔涌前进。连岬角高耸的岩石也常常被波涛吞没。

拐过女人坡，便看见了灯塔长宿舍的平房。那里关着窗户，垂着窗帘，仿佛蜷伏在暴风雨之中。他登上通往灯塔的石阶。门窗紧闭的值班小屋里，今天看不见灯塔员的身影。被雨水飞沫打湿的玻璃门响个不停。通过玻璃门，可以看见面朝关闭的窗户呆立着的望远镜、桌上被从缝隙钻入的风吹乱的文件、烟斗、海上保安厅的制帽、印着花花花绿绿的新造船只的海运公司日历、挂钟，以及随意挂在柱钉上的两把大三角板……

抵达观察哨时，小伙子连汗衫都湿透了。在这寂静的地方，暴风雨尤为狂暴。岛顶附近，周围的天空无遮无拦，暴风雨可以恣意肆虐。

废墟的三面大窗都已洞开，根本挡不住风，倒更像将风雨引入室内，任其乱舞。从二楼眺望太平洋的辽阔景色，虽然视野受雨云所限，但海面全是汹涌的滚滚白浪，四周因为被晦暗的雨云包围，反而更让人对大海无边的粗暴与宽广产生想象。

新治走下外侧楼梯，瞧了眼上次给母亲背柴时来过的第一层，发现这里恰好可以避风。这一层原本是用来堆放物品的，有两三扇极小的窗户，只有其中一扇的玻璃破了。先前堆在这里的成捆松针看上去已被各自的主人搬走，只在墙角留下了四五捆。

简直就像牢房嘛，新治闻着霉味，心里嘀咕道。一旦避开了风雨，他突然感到全身湿透，瑟瑟发抖，打了个大大的喷嚏。

他脱掉雨衣，手伸进裤兜摸火柴。船上的生活教会他行事务必谨慎，出门必须携带火柴。手指摸到火柴前，碰到了早晨在海滨拾到的贝壳。他拿出贝壳，举起来，对着窗口的光亮察看。桃色贝壳光润闪亮，似乎还沾着潮水。小伙子心满意足，又把它收进了裤兜。

打湿了的火柴很难划着。他从一捆散开的柴火中抽出枯松针和树枝堆在混凝土地板上。柴火一开始只是闷烧，没有半点火星。在闪出小小的火焰之前，烟雾充满了整个屋子。

火堆旁，小伙子抱膝而坐。剩下的就只有等待了。

他等待着，没有丝毫不安。小伙子的黑毛衣上满是窟窿，为了消磨时间，他把手指伸进窟窿，试图将其弄大。他的身体渐渐暖和起来，耳边依旧风雨呼啸。他渐渐出了神，飘荡在无可置疑的忠诚本身带来的幸福感中。欠缺的想象力并没有困扰他。等着等着，他就趴在膝头睡着了。

新治睁开眼，面前的火焰毫无衰减之势。火焰的对面，伫立着一个陌生的模糊身影。新治想，这不会是梦吧？一个裸体少女垂首而立，在火堆旁烤着白色内衣。由于她两只手在低处托着内衣，上半身完全暴露了出来。

明白这确实不是梦之后，新治动了一个小小的坏心思，想一边装睡，一边眯缝着眼睛偷看。但初江的身体实在太美了，他无法一动不动地看。

海女的习惯似乎让她毫不犹豫地试图将湿漉漉的全身烤干。来到约会的地方，发现已经有一堆火，男人又睡着了，于是她突然冒出一个孩子似的念头，打算趁男人睡着的当儿，把湿漉漉的衣服和体肤迅速烘干。也就是说，初江并不是有意在男人面前裸露身体的，只是碰巧唯有此处生了火，就在火前脱光了而已。

如果新治是熟悉女人身体的小伙子，应该就会一眼看出，在这被暴风雨包围的废墟里，站在篝火另一侧的初江的裸体是确凿无疑的处女之身。经过潮水的不断冲洗，绝谈不上白净的肌肤显得光滑而结实。在能承受长时间潜水的宽阔胸膛上，一对娇小而坚挺的乳房擎着两朵蔷薇色的蓓蕾，却又像羞于相对一般，彼此微微侧过脸去。新治害怕被识破，只是张开一丝眼缝。透过直冲混凝土天花板的热焰，他只看得到初江那始终保持模糊轮廓的身影随火光摇曳不定。

但小伙子无意间眨了眨眼睛。在火焰光芒的映照下，睫毛的阴影在面颊上夸张地跃动了几下。少女立刻用还没烘干的白色内衣遮住胸部，叫道："不许睁眼！"

老实的小伙子紧紧闭上眼。仔细一想，再装作睡觉的样子确实不对，但睁开眼也不能说就是谁的错。他从这光明正大的理由中得到了勇气，再次睁大了那双美丽的黑眼睛。

少女无计可施，但也没有现在就穿上内衣的意思，只好再次用尖锐清亮的声音叫道："不许睁眼！"

但小伙子已经不愿闭眼了。虽说从生下来就看惯了渔村女人的裸体，但看见心上人的裸体还是第一次。他不能理解的是，仅仅因为赤身裸体这个理由，竟然就在初江和自己之间生出了隔阂，连日常的问候和亲切的接触都难以进行。带着少年特有的率直，他嗖地站了起来。

小伙子和少女隔火而对。小伙子稍稍向右边挪了挪身，少女也跟着向右边躲了两步，因此篝火总挡在两人中间。

“为什么要躲呢？”

“因为害羞呀。”

小伙子没有说“那就穿上衣服好了”，因为他还想看看她的这个样子，哪怕多看一会儿也好。他不知如何接话，只好像孩子一样问道：“怎么做你才不会害羞呢？”

少女的回答真是天真无邪得令人吃惊：“你也光着身子的话，我就不会害羞了吧。”

新治很是为难，但犹豫片刻之后，他什么话也没说，就脱下了圆领毛衣。自己脱衣的时候，少女不会跑吧？这样的担心促使他在脱到一半、毛衣从面前掠过的一瞬也没疏忽大意。麻利地脱掉毛衣后，小伙子站在那里，全身上下只剩一条兜裆布，却比穿着衣服时英俊得多。但新治的心为初江而剧烈地跳动着，直到下面这番问答之后，他才重新感到羞耻。

“你现在不害羞了吧？”他质问般急切追问道。

少女找到了一个意想不到的借口，但她没有意识到这句话是多么可怕。“没有。”

“为什么？”

“因为你还没有脱光呀。”

在火焰的照耀下，小伙子的身体由于羞耻而变得通红。他想要说些什么，话却卡在了喉咙里。他身子往火堆前使劲凑，趾尖几乎都要伸进火里。新治紧盯着少女那在火光中摇曳的白色内衣，好不容易才开口说道：“你要是把这个拿开，我就脱光。”

这时初江不禁微笑起来。但这个微笑意味着什么，新治没有意识到，就连初江自己也没意识到。少女把遮住胸部和下半身的白色内衣猛扔到背后。小伙子见状，如同一尊威武矗立的塑像一般，一面紧盯着少女那对在火光中熠熠生辉的眼睛，一面解开了兜裆布的束带。

这时暴风雨突然封住了窗外。虽然暴风雨之前也以同样凶猛的势头围住废墟肆虐，但在这一瞬间，他们体会到暴风雨真真切切地来到眼前，高窗下广袤的太平洋悠闲地摇晃着它那无休无止的狂躁。

少女退了两三步。那里没有出口，少女的脊背碰到了熏黑的混凝土墙。

“初江！”小伙子叫道。

“从这火上跳过来。你从这火上跳过来的话……”少女气喘吁吁地说，但声音清脆而兴奋。

赤裸的小伙子没有犹豫，脚一蹬，火光映照的身体就勇敢地跃入火中。下一个刹那，他的身体就出现在少女面前。他的胸口轻轻地碰到了她的乳房。小伙子激动地想：就是这种弹力，上次我想象她红毛衣下面藏着的就是这种弹力。二人拥抱在一起，少女首先软绵绵地倒了下来。

“松针扎得好痛呀。”少女说。

小伙子伸手取过白衬衫，想把它铺在少女的背下，可少女拒绝了。初江不再双手抱住小伙子，而是屈膝蜷缩，双手将内衣揉成一团，就像孩子们在草丛中捉虫时那样，用这一动作顽强地护着身子。

随后初江说出的，是满含道德意味的话：“不行，不行……出嫁前的姑娘干这种事是不行的。”

小伙子畏怯了，有气无力地说：“无论如何都不行吗？”

“不行。”少女闭上眼，用半是训诫半是抚慰的口吻一口气说道，“现在不行。我已经决定嫁给你。但在嫁给你之前，无论如何也不行啊。”

新治心中对道德准则怀着一种盲目的虔诚。最重要的是，他还未经男女之事，所以这时他觉得自己似乎触碰到了女人这种存在的道德核心。他没有强求。

小伙子把少女整个抱在怀中，两人倾听着彼此赤裸的心跳。

长长的接吻折磨着欲望得不到满足的小伙子，但从某一瞬间，这种痛苦却转化成奇异的幸福感。稍有减弱的篝火不时蹦出几点火星，两人听见彼此的心跳声之中混进了柴火的爆裂声，还有掠过高窗的暴风雨的尖啸。新治感到，这漫长的不知尽头的陶醉、户外纷乱潮水的轰鸣、摇晃树梢的风吼，都在大自然的强烈节奏中起伏跌宕。这感情中蕴含着无边的清福。

小伙子抽开身子，用男子汉的镇定声音说："今天在海边捡到一个美丽的贝壳，想送给你，就带来了。"

"太谢谢了。给我看看。"

新治回到自己脱掉的衣服那边，开始穿衣。与此同时，少女也总算可以放心地穿上内衣，整理装束了。她的动作从容自然。

小伙子带着美丽的贝壳来到已经穿戴整齐的少女面前。

"啊，真漂亮！"

少女把玩着贝壳，让火光映在贝壳表面，然后试着把贝壳插进自己的头发。"像珊瑚一样，是不是也可以当发簪呢？"她说。新治坐到地板上，身子靠在少女肩头。两人现在都穿着衣服，可以轻松地接吻。

回来时暴风雨仍未平息。之前因为担心被灯塔里的人发现，两人总是在抵达灯塔前就分道而行，但这一次，新治很难遵守这样的习惯。他护送着初江，尽量挑好走的路，下到灯塔背后。两人相互依偎，顶着狂风，走下从灯塔开始往下延伸的石阶。

千代子回到岛上父母的身边后，从第二天起就因为无聊而备感痛苦。新治也没有来访。村里的姑娘们来参加例行的礼仪学习会，千代子得知其中的生面孔就是安夫所说的初江后，觉得她那带有乡土气息的容貌比岛民称赞的更美。这是千代子的一个奇特的优点。多少有些自信的女人往往会没完没了地数落别的女人的缺点，而千代子却能比男人更坦率地承认其他女人的各种美丽。

千代子无事可做，只好开始学习英国文学史。她像背诵经文一样，将维多利亚时代的众多女诗人的名字——克里斯蒂娜·乔治娜、阿德莱德·安妮·普罗克特、琼·英奇洛、奥古丝塔·韦伯斯特、艾丽斯·梅内尔夫人——都烂熟于胸，却对她们的作品一无所知。千代子擅长死记硬背，甚至连老师打喷嚏都会记在笔记本上。

母亲在一旁努力从女儿身上学习新知识。上大学本来是千代子自己的志愿，但没有母亲的热情支持，父亲也不会打消疑虑。从灯塔到灯塔、从孤岛到孤岛的生活激起了母亲的求知渴望，所以她总是在女儿的生活中描绘自己的梦想，而女儿内心小小的不幸，母亲往往会视而不见。

从前一天晚上开始，风就越刮越猛，深感责任重大的灯塔长彻夜未眠。母女俩也一直在旁陪伴，于是暴风雨这天起得很晚，罕见地将午饭早饭合在一起吃。收拾完餐具后，一家三口被暴风雨所困，只好静静地待在家中。

千代子开始怀念东京了。即使在这暴风雨的日子，东京也一切如常，汽车依旧往来，电梯依旧升降，电车依旧拥挤——她怀念那样的东京。在那里，“自然”大体被征服，未被征服的自然余威尚存，成了人类的敌人。然而，在这座岛上，人们全都将自然当作朋友，全都袒护自然。

千代子学厌了，便把脸贴到窗玻璃上，望着把自己禁闭在屋内的暴风雨。暴风雨是单调乏味的，波涛的轰鸣犹如醉鬼反复絮叨的疯话。不知为什么，千代子想起了一个同学被所爱的男人强奸的传闻。这个同学喜欢恋人的温柔与优雅，还到处吹嘘，但那晚以后，却爱上了同一个男人的暴力和私欲，只是对任何人都缄口不言。

这时，千代子看到了新治的身影。他同初江相互依偎，正从暴风雨吹打下的石阶走下来。

千代子相信，她自认为丑陋的这张面孔颇有效力。这张丑脸一旦固化，就能比美丽的面孔更巧妙地伪装自己的感情。这个处女相信，她自认为丑陋的面孔是可以塑形固化的石膏。

她从窗口转过脸。地炉旁边，母亲正做着针线活，父亲默默地抽着“新生”牌香烟。户外是狂风暴雨，户内是一家三口，谁也没有察觉千代子的不幸。

千代子又面对书桌打开英语书。语言失去了意义，只是一连串铅字。鸟的幻影在字里行间忽高忽低，飞来飞去，分外刺眼。那是海鸥。千代子不由得想起，回岛的时候，她在越过鸟羽铁塔的海鸥身上打了个赌，而那次小小占卜所预言的，原来就是眼前这件事。

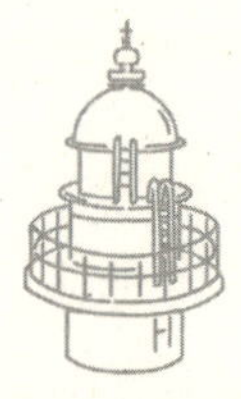

第九章

阿宏从旅途中寄来了快信。要是寄平信，或许人都回歌岛了信还没到，所以他就在京都清水寺的美术明信片上戳了个大大的紫色参观纪念章，用快信寄了回来。母亲还没读信，就火冒三丈地说，寄快信太浪费了，如今的孩子真不知道钱有多宝贵。

阿宏的明信片上根本没提名胜古迹，只是写了第一次去电影院的事。

> 在京都的头一个晚上允许自由活动，我马上叫了阿宗和阿胜，三人一起前去附近的大电影院。那里非常气派，简直就像一座豪宅。只是椅子又窄又硬，坐上去就像坐到了鸟笼里的横木上，不仅屁股痛，而且一点都坐不稳。不一会儿，后边的人便叫我们“坐下！坐

下！”，可我们明明坐下了啊，真是奇怪。后边的人特意告诉我们，那是折叠椅，放下来就是椅子了。我们三个出了丑，只好搔搔脑袋。把椅子放下一坐，软绵绵的，就像天皇陛下的御座一样。真想让母亲也坐一次这样的椅子啊。

母亲让新治念明信片。听到最后一句话时，母亲哭了出来，随后把明信片放到佛龛上，硬要新治同她一起祈祷，希望前天的暴风雨没有妨碍阿宏的旅途，还希望后天回岛时阿宏平安无事。过了一会儿，母亲像是想起什么似的抱怨道，哥哥读书写字都不行，还是弟弟脑子灵光得多。所谓脑子灵光，就是能让母亲高兴地哭泣一场。母亲赶紧把明信片拿去给阿宗和阿胜的家人看，随后同新治去了澡堂。在热蒸汽中，母亲碰见了邮政局长的夫人，于是裸膝跪地，感谢邮局如期将快信送到她手里。

新治很快就洗完了，在澡堂入口等着从女浴池出来的母亲。澡堂的房檐上装饰的彩色木雕已经褪色，房檐下热气缭绕。夜晚是温暖的，大海是平静的。

新治看见一个站立的男人的背影，后者正抬头望着两三间[1]远的檐头，双手插进裤兜，木屐在石板上打着拍子，那穿着茶色皮

1 日本长度单位，1间约合1.818米。

夹克的脊背在夜里也清晰可见。这座岛上没几个人拥有这种高价皮夹克。没错，此人正是安夫。

新治正想打招呼，恰巧安夫也转过身来。新治咧嘴一笑，但安夫毫无表情，只是定定地望着这边，然后就再次转身，扬长而去。

新治并没怎么在意朋友这种令人不快的举动，只是觉得有些奇怪。这时，母亲已从澡堂里出来。小伙子就像平常一样，默默地跟着母亲朝家中走去。

暴风雨过后，昨天一天都晴朗无云。安夫捕鱼归来，遇到千代子来访。千代子说自己同母亲到村里买东西，就顺道过来看看。母亲去附近的渔业协会会长家了，她便独自上安夫家拜访。

安夫从千代子口中听到的事，将他这个轻浮小伙子的自尊撕了个粉碎。他思考了整整一夜。第二天晚上，新治认出他身影的时候，安夫正站在贯穿村子中央的坡道旁的一座房子前，看着挂在檐头的值班表。

歌岛缺水，旧历正月最为干旱，村民为用水争吵不断。沿着村子中央像台阶一样层层下落的石子小路，流淌着一条小河，其源头就是村里唯一的水源。梅雨时节和大雨过后，小河会变成湍急的浊流，女人们在河边一边大声交谈一边洗衣服，孩子们也可以为亲手制作的木军舰举行入水仪式。而到了干旱季节，河水逐渐干涸，连冲走一丁点垃圾的力量都没有。河水的源头是一个泉眼，或许是注入岛顶的雨水经过砂土过滤后汇聚而成的吧。除此之外，岛上就没有水源了。

因此，不知从什么时候开始，村公所决定安排人员轮流打水，每周轮换一次。打水是女人的工作。只有灯塔是把雨水过滤后储存在水槽里，村中的住户则只能依靠泉水。在任务分配上，有的人家不得不忍受深夜值班的不便。不过，深夜值班几周之后，就能轮到早晨方便的时间了。

安夫抬头看的，正是挂在村里人流最多处的值班表。半夜两点的时间上写着“宫田”二字，是初江的班。

安夫咂了咂嘴。如果还是捕章鱼的季节就好了，那样早晨起床就会晚一点。但像目前这个捕乌贼的季节，必须在破晓前到达伊良湖海岬的渔场，家家户户三点钟就开始起床做饭，急性子的人家三点之前房上就升起了炊烟。

不过，还好初江的班不在接下来的三点。安夫暗自发誓，要在明天出海捕鱼之前把初江搞到手。

仰望值班表如此下定决心的时候，安夫看见了站在男浴室入口处的新治，仇恨登时充满胸膛，连平日里端的架子都忘得一干二净。安夫立刻回家，斜视了一眼餐室，父亲和哥哥在里面一边听着收音机里播放的响彻全屋的浪花曲[1]，一边喝着夜酒。安夫回

1 由三弦琴伴奏表演的重人情讲义气的故事。

到二楼自己的房间，胡乱地抽起烟来。

根据安夫的常识，事情是这样的：玷污初江的新治肯定不是童男。这家伙总是在青年会上老老实实地抱着膝盖，笑吟吟地倾听别人的意见，而且还长着一张孩子般无邪的面孔，但他实际上早就睡过女人了。这个小骗子！而且，安夫怎么也想象不出新治是表里不一之人。结果安夫只能认定——这一想象实在令人难以忍受——新治是以无与伦比的直率，堂堂正正地占有了那个女人。

那天晚上，为了不让自己入睡，安夫在被窝里掐着自己的大腿。这样做其实没有太大必要。对新治的憎恨，对抢在自己前面下手的新治抱有的竞争心，就足以让他无法入睡。

安夫有一块常向大家炫耀的夜光表。这天晚上，他将表留在手腕上，没脱夹克和裤子，悄悄钻进了被窝。他不时把表贴到耳朵上，还不时去看发着荧光的表盘。安夫觉得，只要有这块表，自己就拥有充分的资格获得女人的青睐。

深夜一点二十分，他溜出了家门。因为是夜里，涛声听上去格外响亮。月光特别皎洁，村子里阒寂无声。屋外只亮着四盏灯：码头一盏，中央坡道两盏，山腰泉眼一盏。海上除了渡船都是渔船，没有可以让港口之夜热闹起来的桅杆灯，家家户户的灯光全都熄灭了。连绵不断、又黑又厚的屋顶本来可以让乡间的深夜显得庄严肃穆，但这个渔村的屋顶铺的是瓦和白铁皮，夜里缺乏茅草屋顶那种可怕的厚重感。

安夫穿着听不出脚步声的运动鞋，迅速登上石阶坡道，穿过被路边半开的樱花包围的小学校园。这里是最近才扩建的运动场，行道树也是从山上移植过来的。一棵小樱树在暴风雨中被刮倒，黑黢黢的树干横卧在月光下的沙坑旁。

安夫沿着小河登上石阶，来到可以听到泉声的地方。室外灯的光芒勾勒出泉眼的轮廓。清水从长着青苔的岩缝流出，落入设置在下方的石槽。水漫过槽沿上光滑的青苔，那样子仿佛没在流动，而是宛如给这青苔涂上了厚厚一层透明美丽的釉。

环绕泉眼的树丛深处，猫头鹰在啼叫。

安夫在室外灯背后藏起来。鸟儿轻轻振翅，飞上天空。他靠在粗大的榆树树干上，一边盯着手腕上的夜光表，一边等待初江到来。

两点刚过，初江用扁担挑着水桶出现在小学校园里。月光清晰地描绘出她的身影。深夜劳动对女人的身体来说并不轻松，但歌岛上无论贫富、不分男女，都必须完成自己的任务。不过，经过海女劳动锻炼、身体健康的初江完全没有苦恼的样子。她挑着空水桶，前后摇晃着登上石阶。那样子就像孩子一般欣喜，仿佛对这份反常时间的工作兴致盎然。

安夫本想在初江最终到泉边放下水桶时跳出来，临到头却犹豫了。他决定暂且忍耐，等初江打完水再行动。他把左手高高搭在树枝上，身子一动不动，做出一有机会就能跳出去的姿势。如此一来，他便将自己想象为一尊石像。初江那双稍稍冻伤、又红又大的手往桶里汲着水，发出哗啦啦的响亮声音。根据这双手想象女人那健美娇嫩的身体，实属乐事一桩。

安夫的手腕搭在树枝上，他引以为傲的那只夜光表放着荧光，发出轻微却清晰的秒针走动声。这惊醒了在枝头刚筑好一半的蜂巢中安眠的蜂群，似乎大大地激起了它们的好奇心。一只野蜂小心翼翼地飞到手表上，可这只放着微光、发出有规律鸣叫的奇怪甲虫，却披着光滑冰凉的玻璃板铠甲。野蜂大失所望，于是把针刺移向安夫的手腕，全力扎了下去。

他尖叫一声，初江紧张地回过头。初江绝不会大喊大叫。她从绳子上飞快解下扁担，斜握在手里，摆出了防御姿势。

安夫狼狈地出现在初江面前，这模样连安夫自己都觉得难堪。少女保持原来的姿势，后退了一两步。安夫想，这时候还是开玩笑掩饰一下为妙，于是傻笑起来，说道：“嘿，吓了一跳吧？是不是以为遇到妖怪了？”

“什么呀，原来是安哥啊。”

“我想吓你一跳，所以躲起来了。”

“你为啥这时候上这儿来呀？”

少女还不怎么了解自己的魅力。其实只要多想一层就会明白，但当时她真的认为安夫只是为了吓自己一跳才躲在那里的。她一放松警惕，安夫就乘虚而入，转眼就夺过初江的扁担，抓住初江的右手腕。安夫夹克上的皮革嘎吱作响。

安夫好不容易恢复了平日的威严，瞪着初江的眼睛。他打算无比沉着、堂堂正正地追求女人，不知不觉间，竟然模仿起想象中新治在这种场合下光明正大的样子。

“听着，如果不听我的话，以后有你好受的。你和新治的事，要是不想曝光，就老老实实听我的话。”

初江脸颊通红，气喘吁吁地说：“松手！我和新治有什么事？”

“少装糊涂。你和新治明明幽会过。那家伙竟然抢在我前面下手了。”

“不要胡说。我们什么也没干。”

“我全都知道了。暴风雨那天，你和新治上山干什么去了？……啊哈，瞧，脸都红了……我说，跟我也来做做那事嘛。没什么大不了的，没什么大不了的嘛。”

“不要！不要！”

初江挣扎着想逃开，安夫偏不放手。如果在安夫得手之前逃走，初江一定会向她父亲告状吧。但如果在安夫得手之后逃走，她应该会对任何人都讳莫如深。安夫非常爱看都市里的无聊杂志上常登的“被征服的”女人的自白之类。给女人一点想说却不能说的苦恼，这感觉简直妙不可言。

安夫好不容易把初江按倒在泉边。一只水桶被打翻，水打湿了布满青苔的地面。初江被室外灯照亮的脸上，娇小的鼻子翕动着，不肯闭上的双眼的眼白闪闪发光，头发的一半浸在水里。她的嘴唇突然一噘，安夫的下巴上立刻被啐了一口唾沫。这种行为越发激起了安夫的情欲。他感到初江的胸脯在自己胸膛下剧烈起伏，便把脸紧贴到初江的面颊上。

这时他大叫一声，跳了起来。野蜂又蜇了他的脖子一下。

他怒不可遏，一通乱抓。趁他乱蹦乱跳的时候，初江朝石阶方向逃去。

安夫狼狈极了。忙不迭地赶走野蜂之后，他又如愿抓住了初江。他不知道自己在这一瞬间干了什么，甚至连先后顺序都搞不清楚。总之他抓住了初江。当他再次把那具丰满的身体按倒在青苔上时，锲而不舍的野蜂再次杀到，这回落到他的屁股上，透过裤子深深地扎进了肉里。

安夫一跃而起。已有逃跑经验的初江这次朝泉后逃去，钻入树丛，边跑边从羊齿叶下找到一块大石头。她单手举起石头，好不容易才止住喘息，俯瞰泉边。

老实说，在这以前，初江并不知道是哪位神灵解救了自己。当她诧异地看着泉旁狂跳乱舞的安夫时，才明白原来是机灵的野蜂出手相助。室外灯照亮了安夫在空中乱抓的手，而一只金色小虫拍打着翅膀，正好从安夫指尖前掠过。

看样子安夫终于轰走了野蜂。他呆呆地站着，用手巾擦汗。接着他在附近搜寻初江，但哪儿都不见人影。他战战兢兢地把双手拢成喇叭状，低声呼唤初江的名字。

初江故意用脚尖拨弄羊齿草叶，发出沙沙的声响。

“喂，原来你在那儿呀。下来吧，我啥都不会干啦。”

“不要。”

“叫你下来你就下来嘛。”

见他要上来，初江挥了挥石头。他畏缩了。

“你干啥，好危险的……你要怎样才肯下来？”安夫死乞白赖地问道。能这样一走了之当然最好，但安夫害怕初江向她父亲告状。

“……我说，你要怎样才肯下来？你会找你老爹告状吗？”

——没有回答。

“我说，你可千万别找你老爹告状啊。我要怎样做你才会不说呢？”

“你替我打水挑回家的话，我就不说。”

“真的？”

“真的。”

“照大爷可吓人呢。”

接着，安夫默默开始干活儿，就像被什么义务观念约束着一样，可笑极了。他把倒地的那只水桶重新打满水，将扁担穿过两条桶绳，挑在肩上，迈步走开了。

不一会儿，安夫回头一看，初江不知何时跟了上来，就在他身后一间远的地方。少女连一丝笑容都没有。安夫停下脚步，少女也停下脚步。安夫开始继续走下石阶，少女也跟着往下走。

村里依然万籁俱寂，家家户户的屋顶都沐浴着月光。但是，两人沿着一段段石阶向村中走去时，鸡鸣伴随他们的脚步此起彼伏，预示着黎明即将到来。

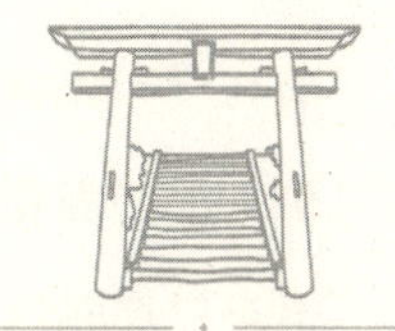

第十章

新治的弟弟回岛了。母亲们站在码头上迎接儿子。细雨迷蒙，看不清海面。渡船行驶到离码头一百米的地方，才从雾霭中现出身影。母亲们呼唤着各自儿子的名字，甲板上挥舞的帽子和手巾渐渐清晰起来。

船靠岸了。即便和各自的母亲见了面，初中生们也只是露出一丝微笑，就和朋友们在海滨继续打闹起来。他们不想让朋友们看见自己向母亲撒娇的样子。

阿宏回家后依然兴奋不已、心神不宁。他谈话中对名胜古迹只字不提，说的净是无关紧要的小事。比如朋友半夜起来小便，由于害怕，硬把他叫醒陪着一块儿去，害得他第二天早晨困得不行等等。

阿宏确实是带着对外面世界的某种强烈印象回来的，但他缺乏表达能力。叫他回忆此次出行的所见所闻，他想起的竟是一年前在学校走廊涂上蜡，让女老师摔了跟头，逗得他捧腹大笑的事。那些闪着亮光瞬间来到他面前，与他擦肩而过又转眼消失的电车，那些汽车、高层建筑和霓虹灯之类令人惊叹的东西，却不知到哪里去了。这个家和出发前一样，有茶柜、挂钟、佛龛、矮饭桌、梳妆台，还有母亲；有炉灶，还有肮脏的草席。所有这一切，他不用说话也能与其沟通。然而，所有这一切，包括母亲在内，都在央求他讲讲旅途见闻。

到哥哥捕鱼归来的时间，阿宏终于轻松下来。晚饭后，在母亲和哥哥面前，阿宏打开笔记本，简单地说了些旅行见闻。大家听完讲述，心满意足，便不再追问。一切都恢复了原状，变回了即使不说话也能沟通的存在。茶柜、挂钟、母亲、哥哥、被熏黑的炉灶、大海的喧嚣……在这一切的包围中，阿宏酣然入睡。

阿宏的春假即将结束，于是他从早晨起床到晚上睡觉都在拼命玩耍。岛上的游玩场所多的是。自从阿宏在京都和大阪头一次看到早已听说的西部电影后，他的玩伴中间便流行起模仿西部电影的新游戏来。看见隔海相望的志摩半岛元浦附近升起山火黑烟，他们就不由得联想到印第安堡垒里腾起的狼烟。

歌岛的海鸬鹚是候鸟，所以在这个季节，海鸬鹚渐渐消失了踪影，而黄莺却在全岛频频啼叫。通往下面中学的陡坡的顶端，到了冬天就正面迎风。站在那里的人，鼻子都会被吹红，所以那里得名“赤鼻顶”。但到了现在，不管是多么寒冷的日子，风也不会吹红鼻子了。

岛南端的弁天岬是他们模仿西部电影的舞台。海岬西侧的岸上全是石灰岩，沿岸而行，就能到达岩洞入口，这里也是歌岛最神秘的场所之一。从一个宽一米半、高七八十厘米的小入口往里走，弯弯曲曲的路渐渐宽阔起来。最后，一个三层楼高的洞窟便展现在眼前。到洞窟之前伸手不见五指，可一进洞窟，却发现这里沉淀着一种神奇的微光。洞穴在看不见的深处贯穿了海岬，从东岸涌入的潮水在深深的竖坑底部时涨时退。

顽童们单手举着蜡烛进入岩洞。

“喂，小心呀，危险！”

他们一边互相提醒，一边爬进黑暗的岩洞。借着烛光，他们打量着彼此的面庞，大家看上去都有点粗犷。不过，他们全都为被照亮的面孔上没长出凌乱的胡须而深感遗憾。

三个小伙伴是阿宏、阿宗和阿胜。他们一行正要去洞窟深处寻找印第安人的珍宝。

来到洞窟，总算可以站起身来，领路的阿宗的脑袋却偏偏被厚密的蜘蛛网缠上了。

“怎么搞的，头上挂了这么多饰物，那就你来当酋长吧！”阿宏和阿胜起哄道。

岩壁上不知是谁在很久之前刻上了梵字，如今上面已经长出了青苔。他们在梵字下立了三根蜡烛。

从东岸涌入竖坑的潮水在岩石上激起猛烈的回响。这怒涛的轰鸣同外面听到的涛声简直不可同日而语。沸腾般的隆隆水声在石灰石洞窟的四壁间回荡、交叠，整个洞窟似乎都在鸣响、摇撼。他们想起一个传言——旧历六月十六日到十八日之间，会有不知从何处来的七只雪白鲨鱼闯入竖坑——不禁浑身战栗。

少年们的游戏，角色可以自由轮替，敌友可以轻易对调。由于头上粘着蜘蛛网，阿宗扮演酋长，其他两人则抛弃了之前一直扮演的边境守备队员的角色，改当印第安人的随从，并向酋长请教波涛为何会发出可怕的回响。

阿宗也心领神会，威风凛凛地坐在蜡烛下的岩石上。

“酋长大人，那个可怕的声音是什么？”

阿宗以威严的口吻说：“那个声音？那是神灵在发怒。”

“要平息神灵的愤怒，该怎么办才好呢？”阿宏问道。

“这个嘛，除了献上供物祈祷，别无他法。”

大家把母亲给的或是偷的煎饼、豆沙包放在报纸上，供在竖坑对面的岩石上。

酋长阿宗从两人中间穿过，静静地走到祭坛前，跪在石灰石地面上，双臂高举，念诵着临时杜撰的奇怪咒语，上身时而抬起时而伏低，向神灵祈祷。阿宏和阿胜在他后面依葫芦画瓢。膝头隔着裤子触及冰凉的地面。如此祈祷的时候，阿宏感觉自己仿佛真的变成了电影中的一个人物。

所幸神灵的震怒似乎平息了，波涛的轰鸣也稍有缓和。大家坐成一圈，吃起了敬神的煎饼和豆沙包。这样吃比平常美味十倍。

这时又响起了更加猛烈的轰鸣，竖坑里飞溅起高高的水花。昏暗中转瞬即逝的飞沫犹如白色的幻影。海水摇撼着洞窟，令它发出阵阵啸叫，好像要伺机把岩洞中坐成一圈的三个印第安人也卷入海底。阿宏、阿宗和阿胜到底还是害怕了。不知从何处袭来的狂风，摇晃着岩壁梵字下的三团烛火，火苗在风中瑟瑟发抖。当一根蜡烛被吹灭时，那恐怖的景象委实难以形容。

不过，三人平常总爱争着表现自己有多勇敢，于是听凭少年的快乐本能驱使，将恐怖立刻变成游戏，以掩饰自己的慌乱。阿宏和阿胜扮演两个胆小的印第安人随从，全身抖如筛糠。

“呀，好吓人，好吓人。酋长大人，神灵大发雷霆了。他为什么发这么大的火呀？”

阿宗在石头宝座上直起身子，像酋长一样优雅地哆嗦起来。追问之下，他毫无邪念地想起了这两三天在岛上暗地流传的闲话，便打算借来一用。他清了清嗓子，道：“因为有人干了不道德、不正经的勾当呀。”

“什么不道德的勾当？”阿宏问。

“阿宏，你不知道吗？你哥哥新治和宫田家的女儿初江交合过了，这触怒了神灵。”

听对方提到了哥哥，阿宏觉得那一定是不光彩的事，不由得勃然大怒，顶撞起酋长来。

“哥哥和初江姐怎么啦？交合是什么意思？”

“你不知道吗？交合呀，就是男人同女人一起睡觉呀。”

阿宗虽然这么说，但其实知道的也仅此而已。听出这一解释带有十分浓重的侮辱色彩，阿宏猛然爆发，向阿宗扑去。阿宗被抓住肩头，脸上挨了一耳光，但他们没打两下就草草结束了。因为阿宗被摔在岩壁上的时候，剩下的两根蜡烛也倒在地上熄灭了。

洞窟里的微光只能让人模模糊糊地看清彼此的面目。阿宏和阿宗喘着粗气，面对面站着。他们渐渐明白，在这里扭打下去，一不小心就会招来何种危险。

“别打了好吗？不危险吗？”阿胜出面调解。

三人划亮火柴，借助这光亮找到了蜡烛，默默爬出了洞穴。

沐浴着洞外明亮的阳光，攀上海岬，来到岬背时，这三个平日里的好伙伴又亲密无间起来。他们似乎已经忘记了刚才的争吵，一边唱歌，一边沿着岬背上的小径前行：

……沿着古里的海滨走啊，

弁天八丈的庭院海滨……

海岬西侧的古里海滨勾勒出岛上最美的海岸线。海滨中央矗立着人称“八丈岛”的巨岩，差不多有两层楼高。顶部丛生的爬地松旁，四五个顽童一边挥手一边呼喊着什么。

三人也挥手作答。他们踏足的小径周围，松树间的柔软草丛上，随处可见一丛丛红色紫云英。

“噢，是拖网船！”阿胜指着海岬东侧的海面说。

庭院海滨在那里环抱着一个美丽的小海湾，湾口附近停着三艘等待涨潮的拖网船。那是一边航行一边操控囊式拖网的船。

阿宏也“噢”了一声。海面的反光晃得他同朋友们一起眯缝起眼睛。刚才阿宗的话依然重重地压在他心头，而且随着时间的推移，感觉越发沉重了。

晚饭时间，阿宏空着肚子回到家。哥哥还没回来，母亲一个人在往灶口里塞柴火，木头的爆裂声夹杂着炉子里风吹似的燃烧声。只有在这种时候，那香喷喷的饭菜味道才盖过了厕所的臭气。

“嗯，妈妈。”阿宏在草席上躺成一个“大”字，开口道。

“什么事？”

“有人说，哥哥和初江姐交合过了，这是怎么回事呀？”

母亲不知什么时候离开了灶旁，端端正正地坐在躺着的阿宏身边。她眼中闪烁着异样的光芒，配上她两鬓散乱的短发，看上去相当吓人。

“阿宏，这话你是从哪儿听来的？是谁这么说的？”

“阿宗啊。”

“这种话不许再说，会惹出乱子的。也不要对你哥哥提起。要是说了，就让你几天都吃不上饭，听明白了吗？”

母亲对年轻人的男欢女爱颇为宽容，她也讨厌在海女下海的季节围着篝火对别人的事说三道四。但是，如果儿子的情事让她不得不同世间的流言为敌的话，她就必须履行母亲的义务。

那天晚上，阿宏入眠后，母亲把嘴凑到新治耳边，用低沉有力的声音问：“你知不知道，有人在说你和初江的坏话？”

新治摇摇头，可脸涨得通红。

尽管心生疑惑，母亲还是毫不慌乱、一针见血地问：“一起睡过了吗？”

新治还是摇头。

“这么说，你没做过人家背后说的那种事啦。真的吗？”

“真的啊。”

“好。这样的话，就没什么好说的了。你要当心，世上的人呀，就爱嚼舌根。”

但事态并没有好转。第二天晚上守庚申神，这是岛上女人们唯一的集会。新治母亲刚一露面，大家就一脸扫兴地打住了话头。她们正背地里议论那件事呢。

第二天晚上，新治去出席青年会，随手推门进屋，发现明亮的电灯泡下，大家正围着桌子热烈地谈论着什么。一见新治，他们便瞬间陷入沉默，只有海潮声回荡在这个简陋无趣的房间，仿佛屋里空无一人似的。新治同平时一样，一言不发地靠墙抱膝而坐。然后，大家又恢复了常态，热闹地议论起别的话题。支部长安夫今天破例早到，从桌子对面爽快地朝新治点头致意。毫无疑心的新治也微笑着还了礼。

有一天，新治乘“太平号”出海捕鱼。吃午饭的时候，龙二像是憋了很久终于忍不住似的说：“新哥，我真的很生气，安哥说了你好多坏话。”

“是吗？”新治男子气十足地默然一笑。

船在波澜不兴的平静海面上摇荡。沉默寡言的十吉对这个话题罕见地插嘴道：“那是安夫在嫉妒你呀。那小子，仗着老爹的权势，自以为多了不起，其实就是个令人作呕的大傻瓜。新治已经长成魅力十足的帅小伙啦，所以才会遭人嫉妒。新治，你别往心里去。遇到麻烦的话，我会站到你这边的。”

就这样，安夫散布的流言传遍了村子，街头巷尾无不议论纷纷，但还没有传进初江父亲的耳朵。一天晚上，村里发生了一件一整年也议论不完的大事。事情是在澡堂里发生的。

村里无论多么富裕的人家都没有室内浴池，所以宫田照吉也要去澡堂洗澡。他会傲气十足地用头挑开门帘，像拔草一样脱下衬衫，往篮子里一扔，结果衬衫和腰带往往会散落到篮子外边。然后，照吉会连连大声咂嘴，用脚趾将这些东西夹起来放入篮中。见此情形，周围的人都会感到惊惧。但对照吉来说，这正是应当向公众展示自己年老力不衰的少数机会之一。

不过，这位老人的裸体确实健美。紫铜色的四肢没有明显的松弛，目光炯炯有神，坚实的额头上蓬乱地倒立着狮鬣一样的白发，同他那因为经常喝酒而发红的胸膛形成鲜明的对比。隆起的肌肉由于长久不用而变得僵硬，让人越发觉得他如同海边磐石，波涛越拍打就显得越险峻。

照吉可以说是歌岛上劳动、意志、野心和力量的化身。他精力充沛，又带着他这一代白手起家的富人的几分粗野；他性情孤高，坚决不肯在村中担任公职。这些反倒为他赢得了村中头面人物的敬重。他在观察气象方面准确度惊人，在航海捕鱼方面经验无比丰富，对熟知村子的历史和传统颇为自负。但这些优点又往往被诸多缺点所抵消，比如他固执己见，不能容人；自命不凡，滑稽可笑；虽然上了年纪，却依然动不动就同人吵架等等。总而言之，这位老人在有生之年，无论做什么都如同铜像一样威严而古板，这也没什么好奇怪的。

他拉开了澡堂的玻璃门。

澡堂里十分拥挤。透过腾腾热气，可以隐约看见人们或静或动的轮廓。水声、响亮的木桶相碰声和笑声在天花板下回荡。澡堂里不仅流淌着充盈的热水，还洋溢着劳动一天后的放松感。

照吉进入浴池前决不事先冲洗身体。他从澡堂门口威风凛凛、大步流星地走来，径直把脚伸进浴池，不管澡水多热都不在乎。对心脏和脑血管，照吉从未放在心上，正如对香水和领带毫不关心一样。

浴池里先来的客人哪怕被溅了一脸水，只要一看对方是照吉，也会乖乖地点头致意。照吉泡进池子，水一直没到他那傲慢的下巴。

浴池附近冲洗身体的两个年轻渔夫没有觉察照吉进来了，正肆无忌惮地大声说着照吉的闲话。

“宫田家的照大爷老糊涂啦。女儿都被人糟蹋了，他还没发现哩。”

“久保家的新治挺厉害的，不是吗？本以为他还是个毛头小子，结果他却把人家到嘴的肥肉都抢走啦。”

浴池里先来的客人把视线从照吉脸上移开，一副忸怩不安的样子。照吉的身子泡得通红，他从池子里走出来，乍看上去神情如常。随后，他两手各提一只桶，从水池里打上水，走到两个小伙子身旁，将凉水猛地浇到他们头上，又飞脚踹向他们的脊背。

被肥皂泡蒙住眼的小伙子正要当即反击，可一见对方是照吉就退缩了。老人抓住两人因为抹了肥皂而变得滑溜溜的脖颈，将他们拽到浴池前，然后用骇人的力量将两个脑袋按进热水中。老人用粗大的手指紧抓住他们的脖颈，像涮东西一样，把两颗脑袋在热水里摇来晃去，彼此碰撞。最后，照吉斜视了一眼吓得纷纷从浴池里起身的客人，连身体也没冲洗，就大步流星地走出了澡堂。

第十一章

第二天，“太平号”开午饭时，师傅十吉从烟盒里掏出一张折得很小的纸条，笑嘻嘻地朝新治递过去。新治刚伸出手，十吉就说：“听着，你能答应我，看了这个也好好干活儿吗？”

“我不是那种会偷懒的男人。”新治简洁干脆地答道。

“好，男人要说到做到……今天早上，我路过照大爷家，初江轻手轻脚地跑出来，什么也没说，就把这张纸条紧紧塞到我手里，然后转身离开了。想到自己这把年纪了还能收到情书，我简直乐坏啦。打开一看，这不是给‘新治’的吗？我一时糊涂，差点一把撕烂丢海里去。可转念一想，这样做对不住你，就带过来啦。”

新治接过纸条，师傅和龙二都笑了。

新治用骨节粗大的手小心翼翼地打开这张折得很小的薄纸

条，生怕弄破。烟草粉末从纸条的边角掉落在手心里。信笺开头是用钢笔写的，两三行后墨水似乎用光了，接着写的就是淡淡的铅笔字。字体稚拙，内容如下：

……昨天晚上，父亲在澡堂里听到我们的流言蜚语，大发雷霆，命令我绝对不能再跟你见面。不管我如何辩解都无济于事，父亲就是这样的人。他说，从你们夜里捕鱼回来之前到早上你们出海捕鱼之后，这段时间我绝不能出家门半步。轮到我值班打水，就请隔壁大婶代劳。我无计可施，难过极了。父亲还说，休渔的日子，他要一整天都待在我身边，牢牢看住我。我要怎样做才能见到你呢？请你想一个见面的办法吧。写信的话，邮政局里全是认识我的大叔，我不敢写。所以我会把每天写好的信夹藏在厨房前的水缸盖里。请你也把回信夹藏在那里。你自己来取非常危险，请委托某位信得过的朋友帮忙。我来岛上的日子不长，还没有真正可以信赖的朋友。新治，我们一定要坚强地生活下去。我每天都在母亲和哥哥的灵位前祈祷，但愿你平安无事。他们在天有灵，一定会明白我的心意的。

新治看着那封信，脸上如同光影交替一样时而欣喜时而悲伤，悲的是同初江的关系惨遭割裂，喜的是他知道了初江对自己的真心。信刚看完，就被十吉一把抢了过去，仿佛这是送信人理所当然的权利一样。为了让龙二听见，十吉念出了声，而且带着别具一格的浪花曲调子。他平常一个人朗读报纸时用的也是这个调子，并无丝毫恶意。虽然新治明白这一点，但听到心上人的正经来信被念得如此滑稽，他还是不由得一阵悲伤。

但十吉被这封信打动了，读着读着就停下来长吁短叹一番。最后，他用平日指挥捕鱼时那种在宁静的正午海面方圆百米都能听到的音量感慨道："女孩子就是点子多啊！"

经不住十吉的反复央求，新治在别无听众的船中，对自己信赖的两人慢慢讲出了心里话。他讲话的技巧相当拙劣，时而前后颠倒，时而避重就轻，从头到尾讲下来得花很多时间。终于说到紧要之处，当新治提及暴风雨那天两人赤身裸体地抱在一块儿，却最终什么也没干的时候，平日不苟言笑的十吉也大笑不止。

"换作是我就好啦，换作是我就好啦！实在太可惜了。不过嘛，没睡过女人的家伙或许就是这样。那女人真够古板倔强的，你也很难得手吧。话虽如此，你还是傻透了呀。唉，算了算了，等她嫁过来，你一天干个十次，也算是补偿啦。"

比新治小一岁的龙二在一旁听着，脸上挂着似懂非懂的表情。新治的神经也没有都市长大的初恋少年那样脆弱。成年人的哄笑不仅没有伤到他分毫，反倒还带给了他平静和温暖。推动渔船前进的平缓波浪抚慰了他的内心。将一切和盘托出后，他再也没有感到不安。这劳动场所成了他不可替代的休憩之地。

龙二主动承担了每天早上去取夹藏在水缸盖里的书信的任务，因为他从家到港口的路上会经过照吉家。

“从明天起，你就是邮政局长啦。”极少开玩笑的十吉说。

每天的书信占据了渔船上三人午休时的话题。信中内容所唤起的悲叹和愤怒，总是由三人一起分担。第二封信令大家尤为愤懑，信中详细讲述了安夫在深夜的泉边袭击初江的经过；讲述了安夫发出威胁，初江遵守承诺，对那晚的事缄口不言，安夫却为了泄愤在村中散布莫须有的谣言；还讲述了照吉禁止初江和新治见面时，初江直言申辩，顺便揭露了安夫的暴行，父亲却不肯对安夫采取任何措施，安夫一家仍同以往一样亲亲热热地出入宫田家，可初江一见安夫的脸就觉得恶心；等等。最后还附加了一句：“我决不会让安夫钻空子的，请放心。”

龙二为新治感到义愤填膺，新治的脸上也闪过罕见的愤怒。

“因为我穷，所以不行。”新治说。

他从没发过这种牢骚。令他羞愧难当、几欲落泪的，与其说是贫穷本身，不如说是发牢骚这种软弱的行为。但小伙子紧绷着面孔，强忍住这突如其来的眼泪，才没有露出难看的哭相。

十吉这次没有笑。

嗜好烟草的他有每天轮流抽烟丝和卷烟的怪癖，今天轮到抽卷烟了。到抽烟丝的日子，他常常会用黄铜烟管敲船舷，船舷的一部分都因此有点凹陷了。爱惜船只的他于是每隔一天才抽一次烟丝，另外的日子抽的则是插在自制的黑珊瑚烟嘴里的“新生”牌香烟。

十吉从两个小伙子身上移开目光，叼着黑珊瑚烟嘴，眺望着雾霭笼罩下的伊势海。透过雾霭，知多半岛顶端的师崎一带隐约可见。

大山十吉的脸如同皮革，连皱纹深处也被晒得同样黝黑，散发出皮革般的光泽。他目光敏锐，炯炯有神，但失去了青年时那种清澈，取而代之的是毫不留情地沉淀其中的污垢，就像无论多么强烈的阳光都能承受的皮肤一样。

活到这把岁数，丰富的渔夫经验告诉十吉，此时应该平静地等待。

“你们在想什么，我清楚得很。想把安夫痛揍一顿吧？不过呢，这么干也没啥用。笨蛋嘛，就让他笨下去好了。新治也很难受吧，但关键是要忍耐啊。钓鱼没耐心可不行。情况早晚会好转的。正义的一方，即使默不作声也必定会胜利。照大爷不是傻瓜，哪边对哪边错，他不会分辨不出来。不用理会安夫，正义的一方终究会取胜的。”

最多延迟一日，村里的谣言就会随每天运来的邮件和粮食一起传入灯塔长一家人耳中。听到照吉禁止初江和新治见面，千代子的心情顿时一片黑暗，仿佛自己犯下了莫大的罪过。新治不知道这种无中生有的流言其实是千代子传出去的，至少千代子是这样认为的。但是，千代子无论如何都不敢正视前来送鱼的新治那无精打采的面孔。另一方面，见千代子莫名其妙地不高兴起来，善良的父母也不知所措。

千代子的春假结束了，返回东京宿舍的日子到了。她无论如何都不敢坦白是自己搬弄了是非。但她又固执地觉得，如果得不到新治的宽恕，自己就不能直接返回东京。她既不愿坦白自己的过错，又希望得到没有别的理由对自己生气的新治的宽恕。

于是，千代子在返回东京的前夜住进了邮政局长家里。黎明前，她独自来到海滨，人们正忙着做出海捕鱼的准备。

大伙儿正在星光下劳动。船被放在“算盘”上，伴随着众人的吆喝，朝海边慢腾腾地蹭过去。只有男人们头上缠的白手巾和白毛巾格外显眼。

千代子脚踩木屐，每一步都陷入冰凉的沙子里，沙子又从她的脚背悄悄滑落。大家都在忙碌，没人瞧千代子一眼。这些人每天为生计而重复着单调的劳动，仿佛被牢牢地禁锢在强劲的漩涡之中，他们的身体和心灵都从深处被点燃了。这样的人当中，恐怕没有一个像自己这样热衷于感情问题的吧。想到这里，千代子不由得感到一丝羞愧。

但是，千代子的眼睛却努力透过破晓前的昏暗，搜寻新治的身影。海滨都是相同装束的男人，黎明时分很难分辨出来。

一只渔船终于离岸，进入海浪之中，如同解脱一般漂浮在水面上。

千代子不由自主地朝那边走去，呼唤头上缠着白毛巾的小伙子的名字。正准备上船的小伙子回过头来，笑脸上露出一排洁白耀眼的牙齿，千代子一下子就认出他是新治。

“我今天就要回去了，想向你道个别。”

“是吗？”——新治沉默了片刻，然后用不知说什么好的腔调，极不自然地回了句“再见”。

新治急着要上船。千代子知道这点，所以比他更着急，一个字都说不出口，更别提坦白了。她闭目祈祷，但愿新治能在自己眼前多待一会儿，即使只是一秒也好。然后她明白了，祈求新治宽恕的心情，其实只是一张遮羞布而已，它下面掩藏着的，是自己长久以来想要得到新治温柔抚慰的希望。

千代子希望他宽恕什么呢？这个认为自己长得丑的少女，竟然脱口问出了一个始终压抑在内心最深处的问题，而且是决不会对这个小伙子以外的任何人提出的问题：

“新治君，我就那么难看吗？”

“什么？”小伙子反问道，一脸的莫名其妙。

“我的脸，就那样难看？”

千代子祈求破晓前的昏暗能掩护自己的面庞，让它显得稍微美丽一点。但是，大海的东方似乎已经泛出了鱼肚白。

新治立刻做出了回答。他急着上船，少女的心因此没有被过于拖沓的回答所伤害。

“说什么呀，你漂亮着呢。”说着，他一只手抓住船尾，一只脚猛地一蹬，跳进船里，“漂亮着呢。”

谁都知道新治是个不会说奉承话的男人。他只是面对突兀的提问急中生智，给出了适当的回答。渔船开动了，他从远去的渔船上快活地挥了挥手。

留在岸上的，是一名幸福的少女。

那天早晨，和从灯塔下来送行的父母话别的时候，千代子依然神采奕奕。灯塔长夫妇纳闷女儿为何对返回东京如此高兴。渡船“神风号”离开码头，温暖的甲板上只剩下千代子一个人的时候，从今天早晨开始就不断回味的幸福感终于在孤独中达到了顶峰。

“他说我漂亮！那个人说我漂亮！”

从那一瞬间开始不知重复了几百遍的独白，千代子仍在不厌其烦地重复着。

“那个人真是这样说的啊。光这一点就足够了，不能期待更多了。那个人真是这样对我说的啊。光这一点就足以让我满足了，不能再期待从那个人身上得到更多的爱了。因为那个人有自己喜欢的姑娘。我干了一件多么缺德的事啊。我的嫉妒令那个人陷入了多么可怕的不幸啊。而对我的背叛，那个人却用赞美我漂亮来回报。我必须赎罪才行……必须用我的力量尽可能地报答他……”

海浪送来了一阵奇妙的歌声，打断了千代子的沉思。放眼看去，许多插满红色旗帜的渔船正从伊良湖海岬的方向朝这边驶来。那歌声就是船上的人唱的。

“那是什么？”千代子问正在卷缆绳的年轻的船长助手。

“那是去参拜伊势神宫的船。船员们带着家属，乘上捕鲣船，从骏河湾的烧津和远州地区出发来到鸟羽。他们会立起许多写有船名的红旗，一路喝酒、唱歌、赌博。”

红色旗帜渐渐清晰起来。那些速度很快的远洋渔船离“神风号”越来越近，歌声乘风飘来，听上去近乎嘈杂的噪音。

千代子在心里反复说道：“那个人说我漂亮呢！”

第十二章

不知不觉间，春天即将逝去。树木绿意渐浓，东侧岩壁上丛生的文殊兰尚未到花期，但岛上已经处处点缀着五颜六色的鲜花。孩子们去上学了，一部分海女已经开始潜入冰凉的海水中采摘裙带菜。既不锁门，也不关窗，整个白天都空无一人的人家增多了。蜜蜂自由地访问这些空无一人的人家，在空荡荡的屋子里飞来飞去，直到一头撞上镜子才大吃一惊。

新治不善思考，所以想不出任何同初江见面的办法。虽然之前幽会的机会很少，但对见面之日的期待让他可以忍受等待的煎熬。如今一想到无法相见，见面的渴望就越发强烈。但是，既然新治向十吉做出了承诺，就不能荒废捕鱼工作。所以他只能在每天捕鱼回来后，估摸着路上已经无人往来，才到初江家附近去徘徊。二楼的窗户时常开着，初江会探出头来。除了月光恰好照到姑娘脸上的时候，她的面庞始终笼罩在阴影之中。不过，小伙子视力极佳，连她那双泪汪汪的眼睛也看得一清二楚。初江担心被邻居察觉，不敢出声，所以新治也只能从围着后院小田圃的石墙后面，默默地仰望少女的脸庞。不过，这种短暂幽会的痛苦，必定会在第二天龙二带来的信中被详加描述。新治读罢，初江的身影与声音才在他脑中融为一体。昨晚见到的那个沉默的初江有了声音和动作，变得栩栩如生起来。

对新治来说，这样的幽会也是痛苦的。所以有时候，他会索性晚上一个人去岛上各处人迹罕至的地方徘徊，排解忧郁。他甚至去过岛南端的德基王子古坟。古坟从哪儿开始到哪儿结束，界限已不分明，但在坟顶的七棵古松之间，建有小鸟居和小祠堂。

德基王子的传说已经相当模糊，就连“德基”这个奇怪的王室名讳也不知是哪种语言。旧历正月，在由六十岁以上的老年夫妇举行的传统祭祀仪式上，他们会打开一个奇怪的箱子，给人看一眼里面像笏一样的东西，但这神秘的宝物同王子有什么关系就不得而知了。直到十年之前，这座岛上的孩子都把母亲称作“乃人”，据说这是因为王子称妻子为“内人”，而王子的幼子错念成了“乃人”，然后便以讹传讹地叫开了。

总之，古时候，某个遥远国家的王子乘黄金船漂流到这座岛上。王子娶了岛上的姑娘为妻，死后埋入陵墓。关于王子的生平，没有留下任何传说。那些常常拿来附会、假托的悲剧故事，也没有一件发生在这位王子身上。这就意味着，即便这个传说是事实，王子在歌岛度过的一生也十分幸福，以致无法从中编出什么悲剧故事。

也许，德基王子是降临到这片陌生土地上的天使。虽然王子在地上度过的一生不为世人所知，但无论他如何驱赶，幸福和天宠都从未离开他。所以，他的尸体没有留下任何故事，便被埋进了俯瞰美丽的古里海滨和八丈岛的陵墓之中。

然而，不幸的小伙子在祠堂附近游荡，累了就呆呆地坐在草地上，抱着双膝眺望月光下的大海。月亮罩着一圈晕，预示明天会下雨。

第二天早晨，龙二去取信，发现初江为了不让信淋湿，在水缸木盖的一角扣着一个金属洗脸盆，与木盖稍稍错开。新治出海捕鱼，一天都在雨中度过。但午休的时候，他披着雨衣读起了收到的信。字迹很难辨认，初江在信中解释说，这是因为她怕早上开灯会引起怀疑，就在被窝里摸索着写了这封信。平常她都是在白天有空的时候写，赶在第二天早晨渔夫出海捕鱼前“投递”，但这天早晨她有事想尽快告诉新治，就把昨天写的长信撕掉，另写了这封信。

信上说，初江做了个吉祥的梦。梦中的神灵告诉她，新治是德基王子的化身，同初江圆满地结了婚，生了个珠玉般的孩子。

初江当然不可能知道新治昨晚参拜了德基王子古坟。新治被这奇妙的感应所震撼，打算今晚回来后写封信，好好谈谈解这个梦的根据。

新治开始挣钱以后，母亲便不必在水还冰凉的时候就下海干活儿了。她打算到了六月再下海，但她勤劳惯了，随着气温渐渐转暖，光做家务已经不能满足她了，一闲下来总为各种没必要劳神的事操心。

儿子的不幸总是挂在她心上。和三个月前相比，现在的新治就像换了个人似的。尽管他现在和过去一样常常沉默，但过去他即便默不作声，脸上也洋溢着小伙子特有的快活神采，而现在这种神采完全消失了。

一天，母亲上午缝补完衣服，在百无聊赖的午后，出神地思考着将儿子从不幸中挽救出来的办法。阳光照不到屋内，但她依然可以越过隔壁土墙仓房的房顶，仰望暮春的晴朗天空。她决定出去走走，于是来到防波堤上，眺望浪花飞溅的海面。她也和儿子一样，思考问题时总去找大海商量。

防波堤上晾满了系捕章鱼的陶罐用的绳子。在几乎看不见船只的海滨上，晒着一张张大渔网。母亲看到一只蝴蝶从张开的网那边忽上忽下地飞向防波堤。那是一只美丽的大黑凤蝶。蝴蝶是来这些渔具、沙滩、混凝土上寻找什么新奇鲜花的吧。渔夫家里没有像样的庭院，只有路边用石头围出来的小花坛。蝴蝶似乎是嫌弃那些小里小气的花儿才飞到海滨来的。

防波堤外，海浪总是卷起海底淤泥，让黄绿色的浊流沉在底部。海浪一旦涌来，浊流就随之翻滚上扬。母亲看见蝴蝶终于离开了防波堤，贴近混浊的海面，像要在上面歇脚一样，但转眼又振翅高飞了。

可笑的蝴蝶呀，竟然模仿起海鸥来了。

她这样想着，注意力被蝴蝶牢牢吸引了过去。

蝴蝶向高处飞去，试图逆着海风飞离海岛。风看似平和，却给蝴蝶柔软的翅膀造成了巨大的阻力。尽管如此，蝴蝶还是飞向高空，渐渐远去。母亲凝视着耀眼的天空，直到蝴蝶最终变成一个黑点。蝴蝶始终在视野的一角拍打着翅膀，但它被大海的辽阔和灿烂所迷惑，或许是对眼中邻岛那似近实远的距离感到绝望，于是又摇摇晃晃地降到海面上方，飞回了防波堤，然后在晾着的绳子的阴影中敛翅休息，浑似一个大绳结模样的黑影。

母亲是个不相信任何暗示和迷信的女人，但这只蝴蝶徒劳的努力却在她心中投下了阴影。

“真是一只傻蝴蝶啊。想去别处的话，落在渡船上就可以轻轻松松地离开了呀。”

但是，她没有什么事需要去岛外，已经有好几年没乘过渡船了。

这时，新治母亲心中不知为何竟生出了一种鲁莽的勇气。她迈着坚定的步伐，快步离开了防波堤。途中遇到一个向她打招呼的海女，她也没有回应，全副心思仿佛都扑到了别处，只是一个劲儿地往前，让那海女惊讶不已。

宫田照吉是村里屈指可数的富翁。不过，他家的房子虽然是新盖的，瓦屋顶也并不比周围的房子高。房子没有大门，也没有石墙。入口左侧是厕所淘粪口，右侧是厨房窗户。两者堂堂正正地宣告自己拥有与对方相同的资格，正如人偶陈列架上相对而坐的左右大臣，这一点也和其他人家并无不同。只是由于房子建在斜坡上，用于存放物品的混凝土地下室修得十分坚固可靠，支撑着整座房子。地下室的窗户开在紧挨小路的地方。

厨房门口旁边有一口似乎能装一个人的水缸。从表面上看，初江每天早晨夹藏书信的木盖可以毫无疏漏地保护水质不受尘埃污染，可一到夏天，总免不了有蚊子和羽虱的尸体漂浮在水上。

想从入口进去的新治母亲有点犹豫。她平日里同宫田家并无往来，如今贸然造访，光是这一点就足够让村里人议论纷纷了。她环顾四周，人影全无，只有两三只鸡在小路上走动。背后的人家种着几株稀疏的杜鹃花，透过叶间缝隙可以看见下面大海的颜色。

新治母亲用手摸了摸头发，发现已被海风吹乱，于是从怀中掏出一把多处缺齿的红色赛璐珞小梳子，匆匆梳理了一下。她穿着日常服装，脸上不施粉黛，胸口晒得黝黑，全身上下的劳动服打满补丁，蹬着木屐的双脚没穿袜子。长久以来，海女都有上浮时蹬一下海底的习惯，她的脚趾因此屡屡受伤，但又变得越发坚实，硬化的趾甲弯曲锐利。这双脚的形态绝谈不上美，但踏在地上的时候无比坚定，绝不动摇。

她走进入口后面的土间，里面胡乱地放着两三双脱下的木屐，其中一只底面朝上。看上去有人穿着红屐带的那双去过海边，木屐里面的湿沙还残留着脚的形状。

屋里静悄悄的，飘浮着厕所的气味。四周房间阴沉昏暗，阳光透过窗户落在里屋正中间，仿佛一块姜黄色的包袱皮，格外显眼。

“打扰啦。”新治母亲打了声招呼，等了一会儿，没人回应，便又喊了一次。

初江从土间旁的楼梯走下来。

“啊，是伯母呀！”她说。她穿着朴素的劳动裤，头发上扎着一条黄色丝带。

“好漂亮的发带啊！”新治母亲恭维道，边说边仔细观察这个令儿子朝思暮想的姑娘。或许是心理作用吧，她觉得姑娘的面容有点憔悴，皮肤也略显苍白，那黑黑的眼眸因此更加清澈明亮、引人注目。初江知道对方在观察自己，不由得羞红了脸。

新治母亲对自己的勇气充满信心。她一定要见到照吉，诉说儿子的无辜，披露儿子的真情，促成两人的婚事。这件事只能由双方父母商量解决，此外别无他法……

“你爹在家吗？”

“嗯。”

“我想和你爹谈谈，能转达一下吗？”

“嗯。”

少女带着忐忑不安的表情登上楼梯。新治母亲在地板框上坐下。

等待的时间相当长。她想，要是带了烟来就好了。等着等着，她的勇气渐渐退去。她开始明白，自己抱有的空想是多么疯狂。

楼梯发出轻微的嘎吱声。初江下来了。她没有完全走下楼，到楼梯中间就稍稍扭过身说话了。楼梯那边光线昏暗，看不太清她低垂的脸。

“呃……父亲说不见。”

“不见？”

“嗯……”

这个回答彻底浇灭了母亲的勇气，在屈辱感的刺激下，另一种激动的情绪攫住了她。长年劳苦的一生，当寡妇之后难言的艰难，一时间全都涌上心头。她已经半个身子都走出了门外，但还是用溅着唾沫星子的语气怒斥道："好啊，他不想见我这个穷寡妇，就是不希望我再跨进这道门槛的意思吧。那我先说算了，听着，你转告你爹，我决不会再跨过你们家的门槛！"

母亲不想将这次失败的拜访经过告诉儿子，便乱发脾气，怨恨起初江来，讲了初江的坏话，反倒与儿子发生了冲突。第二天一整天母子俩都没说话，到第三天才和解。这时母亲突然想对儿子哭诉一番，便将拜访照吉失败的事和盘托出。而新治呢，他早就从初江的信里知道了这件事。

母亲诉说时省略了最后出门时撂下的那句狠话。而为了不伤新治的心，初江在信中也隐去了这一段。所以新治只是深切地感受到母亲吃了闭门羹的屈辱。小伙子心地善良，他觉得母亲说初江的坏话尽管不对，但也是情有可原的。他暗下决心，至今对母亲绝无隐瞒的对初江的爱慕之情，今后决不会对师傅和龙二以外的人说。这是为了孝顺母亲而做出的决定。

母亲本想好意撮合，却未能成功，于是变得孤独起来。

这件事之后，幸好一直都没有休渔日，否则新治肯定会感叹不能同初江见面的一天是多么漫长。他俩一直无法幽会，就这样来到了五月。一天，龙二带来了一封让新治欣喜若狂的信：

……明晚，父亲难得要款待客人。他们是从津市的县政府来的，要在我家留宿。父亲每次待客都会喝很多酒，早早睡下。我想我可以在夜里十一点左右溜出来。请在八代神社院内等我……

那天新治捕鱼归来，换上了新衬衫，但没有告诉母亲自己要去干什么。母亲提心吊胆地抬头看着儿子，仿佛又看到了暴风雨那天的儿子。

新治已经充分品尝过苦等的滋味，这次本来可以让姑娘等他，但他做不到。母亲和阿宏刚进被窝，新治就出去了。此时离十一点还有两个钟头。

他想到青年会去消磨时间。那座海滨小屋里透着灯光，留宿那里的小伙子的说话声传入耳中。新治发觉他们在说自己的闲话，便离开了。

小伙子来到夜晚的防波堤，海风吹拂着他的面庞。他想起第一次听十吉讲述初江身世的那天傍晚，自己曾怀着奇妙的感动，目送一艘白色货船的影子从水平线上的晚霞前驶过。那就是“未知”。他远眺“未知”的时候，心情是平和的。可一旦乘上“未知”扬帆出航，不安、绝望、混乱和悲叹便会纷至沓来。

他本应欢喜雀跃的内心，却像是受了打击一般萎靡不振。他似乎明白其中的原因。今晚见面的时候，初江必定会提出快刀斩乱麻的要求吧。私奔吗？但两人都住在孤岛上。想乘船逃走的话，新治没有自己的船，而且首先也没钱。殉情吗？岛上也曾有人殉情，但那些是自私自利、任性妄为的家伙，生性稳重的小伙子拒绝这样做。他从未考虑过自寻短见，何况他还有家人需要养活呢。

他这样左思右想的时候，时间出人意料地飞逝而过。不善思考的小伙子发现，思考竟然有消耗时间的功能，这是他从未料到的，不由得大吃一惊。可是，这个健壮的小伙子断然停住了思考。因为不管思考有什么功能，他通过这一新习惯最先发现的都是显而易见的危险。

新治没有手表。硬要说的话，是他不需要手表。他拥有一种可以代替手表的奇特才能——无论白天还是黑夜，他都可以本能地感知时间。

比如，观察斗转星移。虽然他不能精密测定星辰的运行，但他的身体可以感知到夜晚天球和白昼天球的转动。如果置身于大自然关联体的一端，就不可能不知道大自然的正确秩序。

但实际上，新治坐在八代神社办公室入口的台阶上时听到了第一声钟鸣，知道已经十点半了。神官一家正在熟睡。小伙子把耳朵贴在木板套窗上，一下一下地数着挂钟在一片寂静中敲响十一点的钟声。

小伙子站起来，穿过松林的黑影，站在二百级石阶上。没有月亮，薄云覆盖着天空，只能看见几点星光。石灰石台阶把夜的微光全部聚集起来，新治脚下好像挂着一道庄严的白色大瀑布。

伊势海的辽阔景观已被夜色完全吞没，但比起知多半岛和渥美半岛的稀疏灯火，宇治山田一带的灯火却十分密集，毫无间隙地连成一片，绚烂夺目。

小伙子对自己刚穿上身的衬衫颇为得意。这耀眼的洁白，即便从二百级石阶的最下面也会一眼望见吧。在一百级附近，从左右伸出来的松枝在石阶上投下了一道暗影。

石阶下面出现了一个小小的人影。新治的心欢喜地狂跳不已。一心跑上石阶的木屐声响彻四周，和那小小的黑影极不相称。来者也没露出气喘吁吁的模样。

新治抑制住自己也跑下去的念头。既然自己等了这么久，当然有权在石阶顶端悠然等候。如果初江来到可以让他看见她面孔的地方，新治或许会强忍住大声呼唤她名字的冲动，情不自禁地跑下去吧。她走到哪里才能让新治看清面孔呢？是在第一百级那里吗？

这时，新治的脚下传来异乎寻常的怒吼，那声音似乎在叫初江的名字。

在稍宽的第一百级石阶上，初江突然停住脚步，只见她的胸脯剧烈起伏起来。藏在松影中的父亲照吉闪出身子，一把抓住了女儿的手腕。

新治看见父女俩激烈地争辩了两三句。新治就像被捆住了似的，一动不动地站在石阶顶端。照吉甚至没有朝新治这边回头看上一眼，就抓着初江的手，径直走下了石阶。小伙子保持着僵立的姿势，不知所措，头脑似乎也麻痹了，像卫兵一样伫立在石阶顶端。父女俩走下石阶，向左一拐，消失不见了。

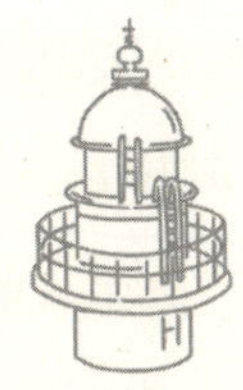

第十三章

对岛上的年轻姑娘来说，海女季节正如城里的孩子怀着压抑的心情面临学期考试的季节。从小学二三年级开始，她们就通过玩海底抢石头的游戏培养了海女的技能，再加上相互之间总想争个高下，自然提升了技能。但最终进入这一行之后，随意的游戏变成了艰苦的工作，年轻的姑娘全都害怕了。春天刚到，她们就开始厌恶夏天的来临。

冰冷，窒息，戴着潜水眼镜入水时难以形容的痛苦，还差两三寸就摸到鲍鱼时袭遍全身的恐惧和虚脱感，还有各种外伤，蹬海底浮上来时被锋利的贝壳割伤的脚趾，过度潜水之后像铅一样沉重倦怠的身体……这一切都在记忆中被反复打磨，变得越发鲜明，恐怖也随之越发强烈。就连那些酣然熟睡、从不做梦的姑娘，也会在深夜突然被噩梦惊醒，发现被窝四周依然一片宁静，但透过黑暗却能看到自己掌中渗出的淋淋大汗。这样的事时常发生。

有丈夫的年长海女就不一样了。她们一浮出水面就会大声歌唱，放声说笑，劳动和娱乐似乎已经浑然一体。看到这一幕，年轻姑娘会想，自己绝对不会变成那样。可过了几年，她们就会惊愕地发现，自己不知不觉也成了开朗干练的海女。

歌岛的海女六七月里最为忙碌，劳动的根据地是弁天岬东侧的庭院海滨。

这天也是烈日当空，简直不像是梅雨时节前的初夏。海滨点燃了篝火，烟随南风飘向王子古坟。庭院海滨环抱着一个小小的海湾，海湾直面着太平洋。夏云高高堆叠在海面上方。

这个小海湾正如其名字一样，拥有庭园式结构。环绕海滨的岩石多为石灰石，为模仿西部片的孩子们提供了恰到好处的舞台，可以藏身在岩石之间举枪发射。而且岩石表面光滑，到处都有小指头大小的洞穴，成了螃蟹和滩虫的栖居地。岩石环绕的砂地一片雪白。面朝大海的左侧悬崖上，盛开的文殊兰向蔚蓝的天空高举着富有肉感、葱白般白皙的花瓣，全然不见凋零期那种凌乱不堪。

篝火周围，午休时的谈笑热闹非凡。沙子还不烫脚，水也是凉凉的，但从水里出来，也不必急急忙忙地穿上棉衣烤火。大家一边高声谈笑，一边挺着胸膛，自豪地展示着自己的乳房，有人还用双手托起了乳房。

“不行，不行，你得把手放下才行。用手托着，谁都可以冒充自己的大。”

“说什么呢。你那对乳房，再怎么托都冒充不了。”

众人大笑。她们正在比较乳房的形状。

无论哪个乳房都被晒得黝黑，既没有神秘的白嫩，也没有能透过皮肤看到的静脉。那里的皮肤看不出有什么特别敏感之处。但那被太阳晒黑的皮肤里面，却蕴含着蜂蜜般半透明的光泽。乳头周围的乳晕成了这种颜色的自然延续，而不是乳房上显眼的黑色湿润的秘密地带。

拥挤在篝火周围的众多乳房中，有的已经萎缩，有的只剩下葡萄干一样又干又硬的乳头。但大部分都拥有十分发达的胸大肌，将乳房牢牢地保持在宽阔的胸膛上，而不是任其沉沉垂下。这种状况表明，这些乳房是毫不羞耻地天天暴露在阳光下，像果实一样发育成熟的。

一个姑娘为左右乳房大小不一而苦恼，心直口快的老婆子安慰道：“别担心，将来让男人揉揉就好看啦。”

大家都笑了。但姑娘还是忧心忡忡地追问：“真的吗，阿春婆？”

“真的呀。从前也有个你这样的姑娘，有了男人之后，就长得匀称极了。”

新治母亲为自己的乳房依然娇嫩而骄傲。和有丈夫的同辈女人相比，自己的乳房保持得最年轻，好像全然不知性爱的饥渴和生活的劳苦，整个夏季都面朝太阳，直接从太阳获取无尽的力量。

年轻姑娘们的乳房没有怎么激起新治母亲的嫉妒。只有一对美丽的乳房，令包括新治母亲在内的所有人赞叹不已。那就是初江的乳房。

今天是新治母亲今年第一次潜海劳动，也是她第一次有机会仔细打量初江。自从那天出门时撂下狠话之后，两人偶遇时虽然也点头致意，但初江本来就不怎么爱说话，今天她们又忙东忙西的，没什么交谈的机会。在这种比赛乳房的场合，说话的以年长的女人为主，而平时就拘谨的新治母亲也不想特地从初江那儿引出话题。

不过，一看见初江的乳房，新治母亲就明白了，为什么关于初江和新治的恶毒谣言已经随时间的推移烟消云散。见过这对乳房的女人都无法再怀疑。那绝不是体验过男人爱抚的乳房，还只是刚刚绽放的花蕾。可以想象，一旦开花，那将是多么美丽的胸脯啊。

擎着蔷薇色蓓蕾的一对微微隆起的小丘之间，是一道洋溢着早春气息的山谷，虽然已被太阳晒黑，但仍没有失去肌肤的纤细、润滑和一丝清凉。她的四肢发育协调，她的乳房也同步发育，没有丝毫迟缓。不过，那隆起的部分还有一点硬，正处在即将苏醒的睡眠状态，似乎只需羽毛的轻轻一碰和微风的轻轻爱抚，就能将其唤醒。

这对健康的处女乳房，形状美得难以形容。老婆子不由得用粗糙的手掌碰了碰那乳头，初江吓得跳了起来。

大家都笑了。

“阿春婆体会到男人的感觉了吗？”

老太婆双手揉搓着自己布满皱纹的乳房，尖声道：“说什么呀，你的是青桃，我的是老咸菜，可是浸透了美味哟。”

初江笑着甩了甩头发。一片绿色的透明海藻从发间脱落，掉在白得耀眼的沙滩上。

就在大家吃午饭的当口，一个熟悉的异性踩准时间从岩石背后闪出来。

海女们立刻一片惊叫，把竹皮饭盒扔到一边，捂住了乳房。实际上，她们一点也不惊慌。闯入者是每个季节都会到岛上来的老货郎。为了戏弄这个老人，她们才故意表现出害羞的样子。

老人穿着皱巴巴的裤子和白色翻领衬衫。他把背着的大包袱放到岩石上，擦了擦汗。

“别这样吃惊嘛。我要是来得不是时候，这就回去行不行？”

货郎知道在海滨展示货物最能勾起海女们的购物欲，所以才故意这样说。海女们在海滨会变得非常大方。货郎让她们随意挑选货物，晚上送货到家时再收钱。海女们也喜欢在阳光下鉴别衣服的色调。

老货郎将货物摊放在岩石阴影中。女人们嘴里塞满了各种食物，在货物周围形成了一道人墙。

货物很丰富，有简便连衣裙和童装，有单层和服用的腰带，有内裤，有衬衫，有束和服腰带用的细绳。

货郎打开装得满满当当的平底木箱的盖子时，女人们齐声惊呼起来，里边摆满了漂亮的女用杂货。蛙嘴式小钱包、木屐带、塑料手提包、丝带、胸针，五花八门的货物混装在一起。

“全都是我想要的东西啊。”一个年轻的海女坦率地说。

许多黑色的手指马上伸了过去。女人们精心挑选、品评起货物来，争论着哪个合身哪个不合身，还半开玩笑地讨价还价。最后卖出了两件价格近千日元的手巾浴衣[1]、一条混纺单层和服腰带，以及许多零零碎碎的小货品。新治母亲买了一个两百日元的塑料购物袋，初江买了一件白地儿上印着牵牛花、适合年轻人穿的浴衣。

老货郎没想到生意这么好，大为开心。他瘦骨嶙峋，从翻领衬衫的领口露出被晒黑的肋骨，斑白的头发剪得很短，从脸颊到太阳穴附近沉淀着几处黑斑，被烟油熏黑的牙齿稀稀疏疏的，所以他说的话很难听清，越是大声说就越听不清。不管怎样，从他

1 日式浴衣是一种较为轻便的和服，夏季外出时也可以穿。

那痉挛般的笑脸和夸张的动作中，海女们看出货郎正要提供“无所贪图”的优质服务。

货郎用小指上长着长指甲的手匆匆翻动杂货箱，掏出两三个漂亮的塑料手提包。

“看，蓝色的适合年轻人，茶色的适合中年人，黑色的适合老年人……”

“我要适合年轻人的！”阿春婆打岔道，众人都笑了。

老货郎见状，越发用力地喊道：“最新流行的塑料手提包，一个实价八百日元！”

“噢——好贵呀。”

“反正是谎价吧。”

“八百日元，货真价实。不过，为了感谢诸位的关照，我将赠送一个包给你们当中的一位。”

大家一齐天真地伸出了手掌。老货郎动作夸张地把大家的手推开。

“一个哟，只有一个。近江商店大出血，拿出奖品送给比赛赢家，祝咱们歌岛村繁荣兴旺。不论是谁，赢了就送一个。年轻人赢了就送蓝色的，中年太太赢了就送茶色的……”

海女们屏住了呼吸。走运的话，就能白拿一只八百日元的手提包。

见众人沉默，货郎相信自己笼络了人心。他回想起自己曾是小学校长，后来在女人身上栽了跟头，沦落到以卖货为生。他突然冒出一个念头，想再当一次运动会指挥。

“反正是比赛，为了报答歌岛村的恩情，就搞一场对咱们村有益的比赛吧。来场采鲍鱼比赛怎么样，各位？在接下来的一个小时里，谁采的鲍鱼最多，就把奖品送给谁。”

他在另一片岩石阴影里郑重其事地铺上包袱皮，庄严肃穆地摆好奖品。其实都只是五百日元上下的东西，看起来却肯定值八百日元。适合年轻人的奖品是天蓝色的箱形手提包，像新船一样，鲜艳的钴蓝色和金灿灿的镀金卡子形成妙不可言的对照。适合中年人的茶色手提包也是箱形的，仿鸵鸟皮的花纹压制得非常精致，乍看上去简直分不清是不是真鸵鸟皮。只有适合老人的黑色手提包不是箱形的，无论是从金色的细长卡子看，还是从长方形的船形外观看，都是典雅的高级工艺品。

新治母亲想要适合中年人的茶色手提包，于是第一个报了名。

下一个报名的是初江。

船载着志愿参赛的八名海女离开了海滨，掌舵的是一个没有参加比赛的中年胖女人。八人中只有初江是年轻人。知道自己终归不是对手而弃权的年轻姑娘都声援初江。留在海滨的女人都在声援各自偏爱的选手。船沿着海岸，从南面向岛的东侧驶去。

剩下的海女把老货郎围在中央，唱起了歌。

海湾里碧波澄澈。在波澜不兴的时候，被红色海藻包裹的圆形岩石清晰可见，仿佛漂浮在水面上一样。其实那些岩石位于相当深的海底，波浪从上面涌过时就会鼓起来。波浪的纹样、折射的光线、飞溅的泡沫，都将影子直接投在海底岩石上。波浪刚一涌起，就拍在岸边岩石上破碎了。于是，如同深深叹息般的涛声响彻整个海岸，盖住了海女的歌声。

一个小时后，船从东侧海岸回来了。比赛让八人筋疲力尽，比平常累十倍。她们赤裸上身互相依靠着，默默地看着不同的方向。湿漉漉、乱蓬蓬的头发和旁边人的头发缠在一起，难分彼此。还有两人冷得抱成一团。乳房起了鸡皮疙瘩，因为阳光过于明亮，那些被晒黑的裸体看上去竟像是一群溺毙者的苍白尸体。船悄无声息地驶来，和迎接她们的热闹海岸极不相称。

下了船，八人立刻瘫倒在篝火周围的沙地上，话也说不出来。货郎逐一接过她们的木桶检查，大声报出鲍鱼的数量。

“二十只，初江第一。”

“十八只，久保夫人第二。”

分获第一、第二的初江和新治母亲用因为疲劳而充血的眼睛对视了一眼。岛上最老练的海女败给了被外地海女训练出来的干练少女。

初江默默站起身，到岩石阴影中领取奖品。她带回来的是适合中年人的茶色手提包。少女把它塞到新治母亲手中，后者高兴得满脸通红。

“为什么给我……”

“因为我父亲曾对伯母说了失礼的话，我总想着一定要向您道个歉。”

“真是个好姑娘啊！”货郎叫道。

大家也都交口称赞，劝新治母亲接受这份厚意。于是她将茶色手提包仔仔细细地用纸包好，夹在赤裸的腋下，爽快地说了声：“多谢。”

生性直率的母亲坦然接受了少女的谦让，少女微微一笑。儿子选媳妇的眼力真好啊，母亲想。

——岛上的“政治”从来就是这样运作的。

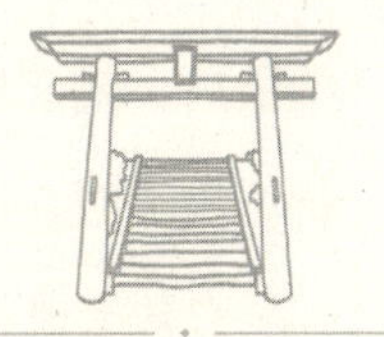

第十四章

梅雨时节，新治每天都痛苦万分。初江的信也断绝了。初江的父亲在八代神社横加阻挠，多半就是因为发现了两人暗中通信的事。后来他肯定严禁女儿再写信。

在梅雨季节尚未结束的某一天，照吉的机帆船“歌岛号”的船长来到岛上。“歌岛号”停泊在鸟羽港。

船长先去照吉家，随后去安夫家，入夜后去了新治的师傅十吉家，最后来到新治家。

船长四十多岁，有三个孩子，身材魁梧，强健有力，他为此非常自豪。但他为人老实规矩，是一名虔诚的法华宗信徒。旧历盂兰盆节时，如果他在村里，就会代替和尚诵经。船员们口中所谓的“横滨大婶”和“门司[1]大婶”都是船长的女人。船长一到这些港口，就会带小伙子们到女人家去喝酒。大婶们打扮朴素，款待小伙子们总是热情周到。

有传言说，他脑袋之所以秃了一半，就是因为耽于女色。所以，船长总是戴着一顶饰有金丝缎的制帽，以端正仪容。

船长来了，马上把母亲和新治叫到跟前商谈事情。在这个村子，男人都是十七八岁开始到船上当伙夫，学习做船员。所谓当伙夫，就是在甲板上实习。新治也快到这个年龄了，船长问他要不要到“歌岛号”上来当伙夫。

母亲没有吭声。新治说要同十吉商量后再答复，船长说，他已经得到了十吉的允许。

尽管如此，这件事还是很蹊跷。“歌岛号”是照吉的船，照吉当然不会让他憎恶的新治到自己的船上去。

“哎呀，照大爷也认为你可以成为优秀的船员。我提到你的名字，照大爷也同意了。好啦，你就拿出干劲儿来，努力工作吧。”

为慎重起见，新治和船长一起拜访了十吉家，十吉也热情地鼓励新治。他说，新治这一走，“太平号”上的工作就辛苦了，但他不会耽误小伙子的前途。于是新治同意了。

1 日本福冈县北九州市的一个区。区内有日本著名的港口门司港。与前文提到的横滨港都是日本有名的贸易港口。

第二天，新治听到一个奇怪的传言：安夫也决定上“歌岛号”当伙夫。据说，安夫没有主动要求这样做，但照大爷吩咐他必须接受这种训练，否则就没有资格同初江订婚，他才不得不答应。

听到这个消息，新治心中涌出了不安和悲伤，还有一丝希望。

为祈求航海安全，新治和母亲一起参拜了八代神社，拿到了一块护身符。

当天，新治和安夫在船长的陪同下，登上渡船“神风号”前往鸟羽。来送安夫的人很多，其中也有初江，但没有看到照吉的身影。来送新治的只有母亲和阿宏。

初江没有向新治那边看。终于要开船时，初江把嘴巴凑到新治母亲耳边，悄悄说了句话，还递给她一个小纸包。母亲把它交给了儿子。

上船以后，因为船长和安夫都在，新治没法打开纸包看。

他眺望着渐渐远去的歌岛。这时小伙子发现，自己虽然生在歌岛，长在歌岛，比任何人都爱歌岛，现在却迫切地想要离开歌岛。他之所以接受船长的提议，也是因为自己希望离开歌岛。

歌岛的身影消失之后，小伙子的心才平静下来。和往日的出海捕鱼不同，今晚可以不回岛了。他在心里高呼：我自由了！他头一次知道，世上竟然还有这种奇妙的自由。

“神风号”在蒙蒙细雨中前进。昏暗船舱的草席上，船长和安夫躺下睡着了。安夫上船后还没同新治讲过一句话。

小伙子将脸凑近流淌着雨滴的舷窗，借着光线察看初江装在纸包里的东西。里边放着八代神社的护身符、初江的照片和一封信。信是这样写的：

从今往后的每一天，我都要去参拜八代神社，祈求你平安。我的心是属于你的，请你一定要意气风发地回来呀。送上我的一张照片，让它同你一道航海吧。那是在大王岬拍的。这次的事，父亲什么也没说，但他特意让你和安夫都上自己的船，应该是有什么考虑的。我感觉似乎看到了一线希望。请你千万不要抛弃希望，努力奋斗吧。

信给小伙子平添了勇气。他感到手臂充满力量，全身洋溢着勃勃生机。安夫还在睡觉。新治借着窗前的光亮，细细观察着倚在大王岬巨松上的少女的照片。这是去年夏天照的。照片中，海风掀起了少女的裙摆。风从白色连衣裙中吹过，绕着少女裸露的皮肤打转。他想起自己也曾像海风这样抚摸少女的身体，精神不由得为之一振。

新治舍不得收起照片，久久地端详着。照片靠在舷窗的一头，烟雨空蒙的答志岛从右侧缓缓移到照片背后……小伙子再次心潮起伏。希望总是令人痛苦的，但爱情的这种奇妙体验对他来说已不新鲜了。

到达鸟羽时，雨停了。云层裂开，白金色的微光从云缝中洒落下来。

停泊在鸟羽港的船大多是小渔船，载重一百八十五吨的“歌岛号”显得非常抢眼。三人跳上雨后阳光下闪亮的甲板。亮晶晶的雨滴顺着白漆桅杆滑落。威风凛凛的吊车在船舱上弯着身子。

船员们还没有回来。船长陪着两人参观船员舱。船员舱在船长室隔壁，位于厨房和食堂上方，差不多八张草席大小。除了物品柜和中央地板上铺着镶边薄席子的地方，舱室里就只有右侧的两张双层床，以及左侧的一张双层床和轮机长的床。天花板上贴了两三张女演员的照片，就像是护身符一样。

右边靠前的上下床被分配给了新治和安夫。除了轮机长，大副、二副、水手长、水手和加油工也在这个舱室睡觉，但总有一两个人值班，所以有这几张床也就够了。

接着，船长又带着两人参观了船桥、船长室、货舱和食堂，嘱咐了一句“你们在船员们回来之前可以在船员舱休息”，然后就走开了。船舱里只留下两人面面相觑。心虚的安夫妥协了。

“终于只剩下我们俩做伴了。虽然在岛上有许多不愉快，但今后咱们还是和平相处吧。”

“噢。”新治简单地应道，露出一个微笑。

临近傍晚时，船员们回来了。歌岛出身的人几乎都认识新治和安夫。他们嘴里还冒着酒气，一面同新来的两人开着玩笑，一面将日常工作和各种任务都告诉了他们。

船明早九点起航。交给新治的任务是明天拂晓从桅杆上早早地摘下停泊灯。停泊灯就像陆上人家的木板套窗一样，灯一灭，就意味着要起床了。那一晚新治几乎未能入眠，日出前就起了床，在渐渐发白的天光中去摘停泊灯。晨曦被蒙蒙细雨笼罩着，港口的街灯排成两列，一直延伸到鸟羽火车站。车站那边响起了货运列车粗哑低沉的汽笛声。

小伙子爬上收了船帆的光桅杆。潮湿的桅杆冷冰冰的，微微起伏的波浪舔舐着船腹，摇晃准确地传导到桅杆上。在烟雨迷蒙的第一道晨光中，停泊灯呈现出朦胧的乳白色。小伙子伸出一只手去抓钓钩，停泊灯大幅摇晃起来，好像不愿被摘下来一样。湿淋淋的玻璃灯罩中，火焰闪烁摇曳，雨水滴落在小伙子仰起的脸上。

新治想，自己下次摘这盏灯，会是在哪个港口呢？

作为山川运输公司的租船，“歌岛号”要向冲绳运木材，往返约一个半月才能返回神户港。船通过纪伊海峡，顺道在神户停留，经濑户内海西行，在门司接受海关检疫，然后沿九州东岸南下，在宫崎县的日南港领取出港许可证。日南港设有海关办事处。

九州南端的大隅半岛东侧，有个叫志布志湾的海湾。临湾的福岛港位于宫崎县的尽头，火车开往下一站的途中便会经过宫崎县与鹿儿岛县的边界。“歌岛号”在福岛港装载了一千四百石[1]木材。

离开福岛之后，“歌岛号”就被当作远洋轮一样对待。从这里到冲绳，要航行两昼夜至两昼夜半。

不装货和休假的时候，船员们无所事事，便会在船员舱中央铺着的三张镶边薄席子上，用便携式唱机听唱片。唱片很少，大多数都已磨损，在生锈的唱针下发出沉闷的歌声。每一张唱片结尾唱的都是港口啊，船员啊，雾啊，女人的回忆啊，南十字星啊，酒或者多愁善感的叹息。轮机长是个音痴，每次航海都想学会一首歌，但总是记不住曲子，下次航海时就忘得一干二净了。只要船突然一晃，唱针就会斜斜滑出，将唱片划伤。

有时大家还会东拉西扯地议论到深夜，什么“爱情和友谊”啦，“恋爱和结婚”啦，“有没有跟盐水注射量相当的葡萄糖注

---

1 日本旧制容积单位，1石约合0.278立方米。

射”啦，诸如此类的议题，每次都要谈好几个小时。最后取胜的总是执拗地坚持自己观点的人。作为歌岛青年会支部长，安夫议论起来头头是道，深得前辈敬佩。至于新治呢，他只是抱着膝盖，面带微笑，默默地听大家发表意见。“他一定是个白痴。”有一次，轮机长对船长这样说。

船上的生活是忙碌的。从一起床就要干的甲板清扫开始，所有的杂活儿都推给了新来的人。安夫对工作总是敷衍了事，他的懒散态度让人渐渐看不下去。

新治护着安夫，也会帮他干活儿，所以没有人马上注意到安夫的这种态度。可有天早晨，为逃避打扫甲板，安夫假装去上厕所，其实是躲在船员室偷懒，水手长愤怒地斥责了他，他却回了句极不稳妥的话：

“反正我一回岛就要做照大爷的女婿了，到时候这艘船就是我的喽。”

水手长勃然大怒，但又担心情况真会如此，就没有当面训斥安夫，而是将这个桀骜不驯的新船员的回答悄悄告诉了同事，结果反倒对安夫不利。

除了每晚入睡前一刻或者值班的时候，忙碌的新治根本没空看初江的照片。他从不让任何人看到照片。因为安夫已夸口说有一天会成为初江的女婿，新治对他进行了一次罕见的巧妙报复——他问安夫有没有初江的照片。

“啊，有的。”安夫当即回答。

新治知道这显然是谎话。他的心里充满了幸福。

不一会儿，安夫若无其事地问：“你也有吗？”

“有什么呀？”

“初江的照片啊。”

“不，我没有。”

这大概是新治有生以来头一次撒谎。

“歌岛号”抵达那霸，接受海关检疫，进港卸货。船被迫停泊了两三天，因为他们要去运天装上运回内地的废铁，但运天是不开放的港口，他们迟迟拿不到前往那里的许可。运天位于冲绳岛北部，战时是美军最早登陆的地方。

一般的船员不允许登陆，每天只能靠从甲板眺望荒岛秃山打发时光。当初美军进驻时，因为害怕留有没爆炸的炮弹，就把山上的树一棵不剩地烧光了。

朝鲜战争已经结束，但岛上还是一副非同一般的景象。战斗机训练的轰鸣终日不绝。沿港口铺筑的宽阔水泥路上，数不清的车辆往来穿梭，在亚热带烈日的照射下熠熠闪光。有轿车，有卡车，还有军用汽车。路旁紧急建造的美军营房散发着鲜亮的油漆光泽。被摧毁的民房上盖着东拼西凑的白铁皮房顶，给这片风景描上了丑陋的斑点。

上岛的只有大副一人，他要去山川运输公司的转包公司叫代理商来。

驶往运天的许可终于发下来了。“歌岛号”进入运天港，装完了废铁。这时他们得到消息，台风即将来袭，冲绳就处于其风圈的半径之内。为了尽快起航，逃出风圈，船一大早就离开了港口。之后一路向内地航行就可以了。

早晨下着小雨，波浪滔天，风从西南吹来。

背后的山很快就看不见了。“歌岛号”依靠罗盘在视野狭窄的海上行驶了六个小时。气压计的数值迅速下降，一浪高过一浪，气压低得反常。

船长决定返回运天。雨被风吹得纷纷扬扬，完全遮蔽了视野，返航的六个小时极其艰难。好不容易终于能看见运天的山了，深知这里地形的水手长站在船首瞭望。港口周围方圆两英里都环绕着珊瑚礁，航道里没有浮标设备，通过珊瑚礁之间的缝隙进入港口十分困难。

“停……走……停……走。”

“歌岛号”反复制动，减速驶入珊瑚礁之间的缝隙。这时已是下午六点。

珊瑚礁内侧有一艘捕鲣船在避难。该船主动提出同“歌岛号”系在一起入港，于是“歌岛号”用数条缆绳将两船的船舷拴住，与其并排进入运天港。港内浪头虽小，但风势猛烈。船舷并排的“歌岛号”和捕鲣船，用两条缆绳和两根钢索将各自的船头系在港内约三张草席大小的浮标上，以防风灾。

“歌岛号”上没有无线电设备，仅靠罗盘作为航海的指针。于是，捕鲣船的无线电联络员便将台风路线和方向信息逐一通报给“歌岛号”的船桥。

入夜后，捕鲣船每次派四人到甲板上值班，“歌岛号”则每次派三人值班，监视不能完全排除断裂风险的缆绳和钢索。

连浮标能不能保住都令人担心，但更可怕的是缆绳断裂的风险。值班员一面同风浪搏斗，一面多次冒险用盐水淋湿缆绳，因为缆绳一干就容易磨断。

晚上九点，两艘船被风速每秒二十五米的台风包围了。

从晚上十一时开始值班的是新治、安夫和另一个年轻水手。三人的身体不停地撞击着舱壁，好不容易爬上了甲板，针一样的飞沫便朝他们的面颊扎下来。

在甲板上根本无法站立。甲板像墙一样挡在眼前，船体的所有部分都在轰隆作响。港内的波浪虽然没到冲刷甲板的地步，但狂风播撒的飞沫却形成翻卷的迷雾，遮蔽了视线。三人费尽九牛二虎之力爬到船头，抓住了缆桩。两条缆绳和两根钢索把缆桩和浮标连在一起。

夜色中，前方二十米处的浮标隐约可见。那白色的东西只是在一片黑暗中勉强显出自己的位置。伴着钢索惨叫般的嘎吱声，狂风如同一块巨大的重物狠狠撞来，把船高高掀起，浮标随之沉入黑暗的远方，越发渺小。

三人抓住缆桩，面面相觑，说不出话来。刮到脸上的海水使他们几乎睁不开眼。风的嘶吼和海的轰鸣，反倒给包裹着三人的无边黑夜带来了某种狂暴的宁静。

他们的任务是紧盯缆绳。缆绳和钢索绷得紧紧的，连接着“歌岛号”和浮标。所有东西都在狂暴的疾风中震荡飘摇，只有这条缆绳在风暴中画出一道坚定的直线。他们目不转睛地注视着缆绳，这给他们的内心带来了一种源自专注的确信。

有时狂风似乎突然停了，但这一瞬反而令三人战栗不已。风忽然再次劈头盖脸地袭来，帆桁瑟瑟发抖，骇人的巨响仿佛把空气都推开了。

三个人默默地守护着缆绳。缆绳在风声中断断续续地发出尖锐高亢的惨叫。

“瞧这个！”安夫激动地喊道。

钢索发出不祥的嘎吱声，绑在缆桩这一头的钢索似乎有些错位了。三人都看到眼前的缆桩发生了极其细微但令人毛骨悚然的变化。这时黑暗中弹回来一根钢索，鞭子般一闪而过，抽打在缆桩上，发出一记闷响。

三人猛然趴下，避免了被断裂的钢索击中的厄运。万一被击中，肯定会皮开肉绽。钢索像奄奄一息的生物一样，尖叫着在黑暗中蹦来跳去，画了个半圆就不动了。

终于认清事态的三人霎时脸色苍白。拴船的四条缆索断了一条，剩下的一根钢索和两条缆绳也很难保证不会在什么时候断掉。

“去报告船长吧。”安夫说着离开了缆桩，一路抓着东西稳住身子，好几次被掀翻在地，最后才抵达船桥，向船长报告了情况。身材魁梧的船长十分冷静，至少看起来如此。

“是吗？终于要用上救生索了啊。听说台风会在凌晨一点左右达到顶峰，现在系好救生索才能确保万无一失。得找人游过去把救生索拴到浮标上。”

船长把船桥交给二副管理，带着大副随安夫回去。他们像老鼠拖饼一样，又是滚又是拉，把救生索和新的细索从船桥运到船头。

新治和水手抬起头，投来询问的眼光。

船长弯下身大喊：“有没有人去把这条救生索拴到对面的浮标上呀？”

风的呼啸保护了四人的沉默。

“没有人吗？胆小鬼！”船长又吼了一句。

安夫嘴唇哆嗦，缩起脖子。

“我去！”新治用爽朗明快的声音喊道。黑暗中浮现出一排洁白美丽的牙齿，由此可知，他当时确实在微笑。

“好，你去吧。”

新治站了起来。小伙子对自己先前一直佝偻着身子感到羞耻。风从黑夜深处袭来，正面扑打着新治的身体。不过，对惯于在暴风雨的日子捕鱼的他来说，牢牢踩在脚下的摇晃的甲板只是稍显不悦的大地罢了。

他侧耳倾听。台风正在他英勇高昂的头上肆虐。无论是大自然静谧的午睡，还是这般疯狂的宴席，他都同样有资格受邀参加。雨衣内侧汗如雨下，前胸后背都湿透了，他索性脱掉了雨衣。于是，在昏暗的暴风雨中，浮现出穿着圆领白衬衣、打着光脚的小伙子的身影。

船长指挥着四人，把救生索的一头拴在缆桩上，另一头系在细索上。但操作因狂风阻挠，进展缓慢。

绳索连接好之后，船长把细索的一端交给新治，凑到他耳边大喊道：“把这个缠在身上游过去，然后从浮标那边把救生索拉过去系上。”

新治把细索在裤子皮带上缠了两圈，站在船头，俯瞰大海。在船首撞得粉碎的浪头和飞沫之下，盘踞着看不见的黑浪。它们重复着不规则的运动，暗藏着支离破碎、危险无比的反复无常，刚逼到眼前，又猛然退去，露出漩涡状的无底深渊。

初江的照片忽然掠过新治心头。照片此时留在上衣内袋里，而衣服还挂在船员舱。但这徒劳的闪念被狂风吹散了。他猛地一踏甲板，跃入海中。

到浮标的距离是二十米。虽然他拥有自信不输任何人的臂力，甚至拥有绕歌岛游五圈的游泳技能，但这些都不足以保证他能游完这二十米。一道可怕的力量攫住了小伙子的胳膊。有东西像看不见的棍棒一样痛击着他劈波斩浪的手臂。他的身体不得不随波起伏。刚觉得自己的力量可以同波涛相抗衡，转眼间又像脚底抹油了走路一样白费力气。本以为到了一伸手就可以够到浮标的地方，但从波浪间抬头一看，浮标依然同原来一样远。

小伙子拼尽全力游去。巨浪一点点后退，让出一条道路，就像坚固的岩盘被钻岩机渐渐打穿一样。

碰到浮标时，小伙子手一滑，整个人被冲了回来。随后，幸亏一道有如天助的海浪涌来，一下子将他送了回去，胸膛差点撞到浮标，他借势一口气登了上去。新治深深地喘息着，风堵住了他的鼻孔和嘴巴。那一瞬间，他感觉呼吸都要停止了，竟一时忘记了接下来该完成的工作。

浮标将自己大大咧咧地交给了黑暗的大海，随其起伏摇摆。波浪不住地冲洗浮标的半身，又哗啦啦地流下去。为了不被风吹走，新治伏下身子，解开系在身上的细索。濡湿的绳结很难解开。

新治拽住解开的细索，这时才头一次朝船那边看去。船头缆桩处，四人的身影一动不动。捕鲣船船头的值班员也注视着这边。虽然仅仅相距二十米，看起来却十分遥远。系在一起的两艘船的黑影忽而高高升起，忽而低低落下。

细索在风中受到的阻力小，拉绳时比较轻松。但细索后面的部分忽然一沉，直径十二厘米的救生索被拉了过来。新治身体前倾，差点跌进海里。

救生索在风中受到的阻力大增。小伙子好不容易才抓住救生索的一头。救生索很粗，连他那双结实的大手都握不住。

新治不知如何用力才好。即便叉开双脚使劲站住，风也不允许他采用这种姿势。稍不留神，反倒会被救生索占了上风，将自己拖进海里。他湿漉漉的身体开始发热，面颊烧得厉害，太阳穴剧烈跳动。

将救生索在浮标上缠了一圈之后，工作终于轻松了。他有了用力的支撑点，粗大的救生索反过来成了新治身体的依靠。

缠了两圈之后，他沉着地打了个结实的绳结，举手示意大功告成。

他清楚地看到船上的四人在挥手作答。小伙子忘记了疲劳，快活的本能重新苏醒，衰竭的力气再度涌起。他迎向暴风雨，尽情吸了一口气，跳进海中，往回游去。

众人从甲板放下绳子，把新治拉了起来。小伙子爬上甲板，船长用大手拍了拍他的肩膀。新治差点昏厥过去，但用男子汉的魄力撑住了疲惫的身体。

船长命令安夫扶他去船舱，没当班的船员给新治擦拭了身体。小伙子一进被窝就沉入了梦乡，不管暴风雨多么喧嚣，都无法妨碍他的酣眠。

第二天早晨，新治睁开眼睛，明亮的阳光已经洒在枕边。

透过床边的舷窗，他看到台风过去之后的澄澈蓝天、亚热带阳光照耀下的秃山景致，以及平静海面上的粼粼波光。

第十五章

“歌岛号”返回神户港比预定时间晚了几天，所以本应提前归来的船长、新治和安夫回岛时，没有赶上阴历八月中旬的盂兰盆节。在渡船“神风号”的甲板上，三人听到了岛上的新闻。据说，盂兰盆节前四五天，古里的海滨爬上来一只大海龟。海龟马上被宰杀，取出了满满一桶龟蛋，以两日元一个的价钱卖掉了。

新治去八代神社酬神，随即就被十吉叫去吃饭。他本不会喝酒，却也被逼着喝了几杯。

从第三天开始，他又乘十吉的船出海捕鱼去了。新治对上次航海的事只字不提，但十吉已经从船长那里打听得一清二楚。

“听说你立了大功啦。”

“没有呀。”

小伙子微微脸红，没有多言。不知道他人品的人，还以为他在什么地方睡了一个半月呢。

过了一会儿，十吉漫不经心地问："照大爷什么也没说吗？"

"嗯。"

"是吗？"

谁也没有提初江的事，新治也没有感到多么孤单寂寞。渔船在三伏天的大浪中摇来荡去，他全身心地投入船上熟悉的劳动之中。这种劳动就像做工精良的衣服，完全贴合他的身心，没有其他烦恼潜入的余地。

不可思议的自我满足感始终伴随着他。傍晚时分在远处海面上行驶的白色货船，虽然不是很早之前看到的那种，但还是给新治带来了新的感动。

新治想：我知道那艘船要去哪儿；船上的生活也好，劳作的艰难也好，我都知道。

至少，那艘白船不再是"未知"的影子。不过，晚夏的黄昏，那拖着长烟远去的白色货船的身影中，存在着比"未知"更吸引人的东西。小伙子回想起竭力拉拽的那条救生索在手中的重量。对曾经远眺过的那个"未知"，新治的确用结实的手掌接触了一次。他觉得自己也能触及远方海面上的那艘白船。在孩童般的心态的驱使下，他用骨节突出的五根手指搭起凉棚，望向晚云已浓的东方海面。

暑假已经过去一半，千代子还是没有回来。灯塔长夫妇日夜等候姑娘回岛。发信催促，却没有回音。又发了一封，过了十天才勉强回了信。信里也没有写原因，只说今年暑假不回岛了。

母亲最后只好祭出哭诉哀求的法子，写了十页快信，情真意切地劝女儿回家。收到回信时，新治回岛已有七天，暑假也所剩无几。信上出人意料的内容令母亲大惊失色。

千代子在信中向母亲坦白，暴风雨那天，她看见新治和初江并肩走下石阶，就多管闲事地向安夫搬弄是非，令新治和初江陷入窘境。罪恶感至今仍然令千代子的内心备受煎熬。信上说，只要新治和初江不能幸福，自己就没脸回岛。所以她提出一个条件：倘若母亲出面斡旋，劝照吉让两人结婚，她才可能回来。

读了这封充满悲剧色彩、旨在成人之美的信，善良的母亲战栗不已。她担心，如果不采取适当的措施，女儿就会因为受不了良心的谴责而自杀。灯塔长夫人在很多书上都读到过妙龄女郎因琐事而自杀的可怕事例。

灯塔长夫人决定不给丈夫看这封信。她认为，自己必须迅速处理好一切，促使女儿尽早回岛。她换上出门穿的白麻套装，重新拿出做女子中学老师时找学生家长谈棘手问题的气概。

她下坡朝村里走去，路旁人家的房前铺着草席，上面晒着芝麻秆、红豆、大豆什么的。绿色的芝麻种荚沐浴着晚夏的阳光，在色彩鲜艳、纹理粗糙的草席上投下一个个可爱的纺锤形影子。

从这里俯瞰大海，今天的海浪并不高。

夫人走下村中主干道，白色的凉鞋在水泥台阶上敲出轻微的嗒嗒声。她听到一阵喧闹的欢笑和起劲拍打湿衣服的声音。

定睛一看，原来是六七个穿着简便连衣裙的女人在道旁小河边洗衣服。盂兰盆节之后，海女们只是偶尔出去采采黑海带，大部分时间都闲着，便干劲十足地清洗起积攒的脏衣服来，新治母亲也在其中。所有人几乎都没用肥皂，只是把衣服摊在平坦的石头上，用双脚踩踏。

“喂，夫人，今天到哪儿去啊？”女人们异口同声地打着招呼，鞠躬行礼。她们挽起了连衣裙的下摆，河水的反光在晒黑的大腿上摇曳。

“到宫田照吉先生家去。”夫人答道。

既然见到了新治的母亲，一个招呼也不打就去给她儿子说媒也太不自然了，夫人在心里这样琢磨，于是从石板道绕过来，走上向下通往河边的石阶。石阶上覆盖着青苔，极易滑倒，穿着凉鞋走起来相当危险。她背朝小河，一边紧抓石阶慢慢往下走，一边频频回头，视线越过肩膀，往小河方向偷偷看去。一个女人站在小河中央，伸手扶了夫人一把。

到了河边，夫人脱掉凉鞋，开始光脚渡河。

对岸的女人目瞪口呆地望着这场冒险。

夫人抓住新治母亲，凑到她耳边，笨拙地说了句悄悄话，让周围的人都听到了。

“其实这里不是说话的地方，但我还是想问一下：新治和初江的事后来怎么样了？”

面对这样突然的提问，新治母亲惊得瞪大了眼睛。

“新治喜欢初江吗？”

“啊，嗯……”

“可是，照吉先生一直在阻挠他们吧？”

“啊，嗯……我儿子正为这个烦恼呢。”

“初江那边怎么样了呢？”

这番悄悄话，其他海女想不听见都不可能，于是纷纷插话。重要的是，提到初江，自从那个货郎举行采鲍鱼比赛以来，海女们都成了初江的支持者，也听初江说过心里话，所以全都反对照吉棒打鸳鸯。

“初江也爱新治爱得死去活来的。夫人，这可是真的呀。但照大爷打算招那没出息的安夫当上门女婿呢，世上竟然有这种荒唐事。”

“所以说呀，”夫人以登台授课般的口吻道，“我女儿从东京寄来了一封恐吓信，要我无论如何都促成两人的婚事。我这会儿正打算去照吉先生家谈谈，但我琢磨着还是得先听听新治母亲的想法……”

母亲将踩在脚下的儿子的睡衣提起来，一边慢慢拧水，一边思考。不一会儿，母亲向夫人深鞠一躬，道："那就拜托您了。"

出于侠义心肠，其他海女像河边的水鸟一样叽叽喳喳地互相讨论起来，最后决定代表村中妇女跟夫人一起去，用人数优势威慑照吉，这样更有利于达成目的。夫人同意了。于是，除新治母亲外的五名海女匆匆拧干衣服，拿回家去，约好了同夫人在前往照吉家的拐角处会合。

灯塔长夫人站在宫田家门口幽暗的土间里。

"打扰啦。"她用依然富有年轻活力的声音喊道。

没人回应。五个晒得黝黑的女人眼里闪烁着热情的光芒，像仙人掌一样从屋外向里探头张望。夫人又喊了一声，声音在空荡荡的房间中回响。

不一会儿，楼梯嘎吱作响，身穿浴衣的照吉下来了。初江好像不在家。

"噢，是灯塔长夫人啊。"照吉威风凛凛地站在地板框上嘟哝道。

他的面容绝谈不上和蔼，狮鬣般的白发根根倒竖。在这样的"接待"面前，大多数客人都想一逃了之。

夫人虽然也有些畏缩，但还是鼓起勇气说："特来拜见，是有话想跟您说。"

"是吗？请进。"

照吉转过身，迅速走上楼梯。夫人紧随其后，其他五人也蹑手蹑脚地跟了上来。

照吉将灯塔长夫人请进二楼里屋的客厅，自己在壁龛立柱前坐下，对进屋的客人增加到六个也并未露出惊讶之色。他无视客人，只顾望着敞开的窗户，手里摆弄着团扇，扇子上绘有鸟羽一家药店的美人画广告。

从窗口可以看见下方不远处的歌岛港，堤坝内只系着一艘渔业协会的船。夏云凝滞不动，悬在伊势海遥远的彼端。

外面的光线过于明亮，室内却相当昏暗，壁龛里挂着上上届三重县知事的墨宝，还放着用盘根错节的树根雕刻的一雄一雌两只鸡，鸡尾和鸡冠由细细的根须充当，通体散发着树脂一样的光泽。

灯塔长夫人坐在没铺桌布的紫檀桌子的一侧。五个海女则规规矩矩地坐在门帘前，仿佛正在举办简便连衣裙展览会，刚才的气势也不知丢到哪里去了。

照吉仍旧扭着脸，一言不发。

夏日午后闷热的沉默压在众人心头，只有屋里飞来飞去的几只绿头苍蝇的嗡嗡声占据着这份沉默。

灯塔长夫人擦了好几次汗，终于开口道："我想跟您谈的，是贵府的初江小姐和久保家的新治先生的事……"

照吉仍旧扭着脸，过了一会儿才终于吐出一句话："是初江和新治吗？”

“是的。”

照吉头一次转过脸来，笑也不笑地说：“这件事已经定下来了。新治会成为初江的夫婿。”

女客们决堤般骚动起来。照吉全然不顾客人的感情，继续道：“尽管如此，毕竟两人都太年轻了，现在只能订婚，等新治成人[1]了才能正式举行婚礼。听说新治的母亲生活得很艰难，把他母亲和弟弟接过来也无妨，还可以根据情况每月给他们送生活费。这话我还没对谁提过哩。

“一开始我也很生气，可一旦断绝了他们的关系，初江整个人都萎靡不振了。我寻思这样下去可不行，就想了个办法：让新治和安夫都上我的船，拜托船长考验考验他们，看谁更有出息。这个想法，我让船长也悄悄告诉了十吉。十吉恐怕还没对新治说过呢。嗯，总而言之，船长非常欣赏新治，说再也找不到这样优秀的女婿啦。何况，新治还在冲绳立了大功，我也就改了主意，决定招他为婿。说到底啊……”照吉加强了语气，“男人最重要的是魄力。只要有魄力就好。歌岛的男人啊，没这个可不行，门第和财产都是次要的。你说对不对，夫人？新治就很有魄力。”

1 现代日本男女满二十岁才算是成年人。

第十六章

新治已经能公开出入宫田家了。一天晚上，新治捕鱼归来，换上干净利落的翻领白衬衫和长裤，两手各提一条大鲷鱼，来到宫田家房门口呼唤初江的名字。

初江早已准备妥当，正在等他。他们约好要去八代神社和灯塔报告订婚事宜，并致以谢忱。

暮色中，土间周围比别处更加明亮。这是因为初江走出门时，穿着上次从货郎那里买的白地儿上印着大牵牛花的浴衣，而那白地儿就算在夜里看上去也分外鲜亮。

新治用一只手扶着房门等待。可初江一出来，他就连忙低下头，用穿着木屐的一只脚驱赶着什么似的嘟哝道："蚊子好多啊。"

"是啊。"

两个人登上了通往八代神社的石阶。已经没必要一口气跑上去了，他们心满意足地一级级往上走，仿佛在细细品味攀登的过程一样。来到第一百级时，他们便舍不得再往上爬了。小伙子想牵姑娘的手，但碍事的鲷鱼挡住了他。

大自然又赐予了他们恩宠。他们登到石阶顶端，回首眺望伊势海。天空布满繁星，只有知多半岛方向横亘着低垂的密云，闪电偶尔划过云层，但听不见雷声。

海潮声也没有那么猛烈，听上去安详而有规律，仿佛大海入睡时健康的呼吸。

两人穿过松林，去参拜简陋的神社。小伙子拍手时格外有力，声震四周。他对此感到非常自豪，于是又拍了一次。初江俯首祈祷。在白地儿浴衣的领子映衬下，初江的颈项显得更不白皙了，却比任何白皙的颈项都更令新治动心。

神灵完全满足了我的祈愿，小伙子这样想着，心中又感到一阵幸福。两人祈祷了很久。他们从未怀疑神灵，因此感到了神灵的庇佑。

神社办公室灯火通明。新治招呼了一声，窗户打开，露出神官的脸。新治说话不得要领，神官很难理解两个人的来意。好不容易讲明白了，新治才奉上鲷鱼作为神前供品。接过这条肥美的大鱼，神官想到不久后将由自己主持的那场婚礼，便为二人送上了衷心的祝福。

两人从神社后面往松林小路爬去，现在才体会到凉爽的夜气。天全黑了，暮蝉却还在鸣叫。前往灯塔的道路相当险峻，新治空出了一只手，便与初江携手前行。

“我呀，”新治说，“打算近期去参加考试，获取航海技术证书，成为大副。满二十岁的时候，我就拿得到证书啦。”

“好啊。”

“拿到了证书，就可以举行婚礼了吧？”

初江没有回答，羞涩地笑了。

拐过女人坡，快到灯塔长宿舍时，透着灯光的玻璃门上，晃动着正在做饭的夫人的身影。小伙子像往常一样，对着玻璃门打了声招呼。

夫人打开门，看见了伫立在暮色中的小伙子和他的未婚妻。

“哎哟，你们一起来啦。”两手好不容易才接过大鲷鱼，夫人大喊道，“孩子他爹，新治送来好大一条鲷鱼啊。”

懒洋洋的灯塔长坐在里屋一动不动，高声道：“总是麻烦你，太感谢啦。这次真要恭喜你们呀！好了，快进屋吧，快进屋。”

“是啊，快进屋吧。”夫人又补充了一句，“明天千代子也要回来啦。”

小伙子全然不知自己曾给千代子带去怎样的感动和多少的苦

恼。听到夫人补充的这句有点唐突的话，他脑子里竟然没有丝毫想法。

两人被强留下吃饭，在灯塔长家待了近一个小时。在灯塔长的提议下，他们决定在回家路上去参观灯塔。回岛不久的初江，还一次也没见过灯塔内部呢。

灯塔长首先将两人领进了值班小屋。

从宿舍出发，经过昨天刚撒下萝卜种子的一小块田地，登上水泥石阶。灯塔矗立在高岗边缘，灯塔的值班小屋便临近悬崖。

灯塔的灯光化为一道雾柱，从右向左扫过值班小屋临近悬崖的一侧。灯塔长开门先进去，点亮了灯。灯光照亮了挂在窗柱上的三角板、收拾得整齐干净的桌子、桌子上的船舶通行登记本，以及面向窗口的三脚架上的望远镜，等等。

灯塔长推开窗户，亲手将望远镜调节到适合初江身高的位置。

“噢，太美了。”初江用浴衣袖子擦了擦镜头，看了一遍，惊呼起来。

新治用出色的视力望向初江所指的方位，解说那里的灯光。初江仍然眼睛紧贴镜头，指着东南海面上星星点点的数十盏灯火。

“那些吗？那些是拖网机船的灯光，都是爱知县的船。”

海上的点点灯光仿佛同空中的点点繁星一一对应。眼前是伊良湖海岬灯塔的灯光，伊良湖海岬的街灯散布在灯塔背后，左方隐约浮现出筱岛的微弱灯火。

左端可见知多半岛野间岬的灯塔，右端则聚集着丰浜町的灯火。中央的红灯是丰浜港的堤坝灯；右侧很远的地方，大山顶上的航空灯塔正在闪烁光芒。

初江又惊呼起来，一艘巨轮驶入望远镜的视野。

那是肉眼看不到的明晰而微妙的影像，格外庄严美丽。巨轮缓缓穿过望远镜视野的过程中，小伙子和未婚妻互相谦让着轮流观看。

那似乎是一艘载重两三千吨的客货船，可以清楚地看见散布甲板深处的几张铺着白桌布的桌子和几把椅子，却不见一个人影。

像是食堂的那个房间里，露出涂着白漆的墙壁和窗户。忽然右方闪出一个白衣侍者，从窗前穿过……

不久，亮着绿色前灯和后桅灯的船离开了望远镜的视野，经伊良湖海峡向太平洋方向驶去。

灯塔长领两人进入灯塔。充斥着燃油味儿的一楼放着注油器、油灯和油罐，隆隆作响的发电机正在不停地震动。沿着狭窄的螺旋楼梯往上爬，在顶层孤独的圆形小屋中，静静地停放着灯塔的光源。

两人从窗口望出去，只见灯塔射出的光柱从右向左扫过黑浪汹涌的伊良湖海岬。

灯塔长识趣地留下两人，自己走下了螺旋楼梯。

这间顶层的圆形小屋四壁镶嵌着擦得锃亮的木板。灯具的黄铜零件闪闪发光，厚厚的透镜围绕着五百瓦的电灯缓慢旋转，保持着白光连闪的速度，并将这一光源的亮度放大到六万五千烛光[1]。透镜的光影在周围的圆形木壁上移动。伴随着明治时代灯塔透镜旋转时特有的叮叮声，这光影也掠过了把脸凑到窗前的小伙子和未婚妻的后背。

两人感到对方的脸颊离自己是如此之近，只要想碰就能立刻碰上。他们燃烧的体温也触手可及……两人的面前是深不可测的黑暗，灯塔的光芒有规律地扫过广袤的夜空，透镜的光影旋转着经过白衬衫和白浴衣的后背，刚好在那里扭曲了形状。

此时新治想，尽管备尝艰辛，但最终他们获得了同一道德约束下的自由，而众神的庇佑一次也没试图离开他们。也就是说，这座被黑暗笼罩的小岛保护了他们的幸福，成就了他们的爱情……

突然，初江对新治嫣然一笑，从袖兜里掏出一枚小小的桃色贝壳给他看。

“这个，还记得吗？”

“记得。”

1 日本旧时光度单位，1烛光约合1坎德拉。

小伙子露出漂亮的白牙，微微一笑，然后从自己的衬衫胸袋里掏出初江的小照片，给未婚妻看。

初江轻轻地摸了摸自己的照片，又还给了男人。

少女的眼里浮现出自豪的神色，她认为是自己的照片保护了新治。但这时小伙子扬起了眉毛。他知道，那次冒险中自己之所以化险为夷，靠的正是自己的力量。

一九五四年四月四日

经典就读三个圈　导读解读样样全

《潮骚》独家文学手册

目录 Contents

歌岛导览手册

——《潮骚》中的绝美小岛

歌岛概览

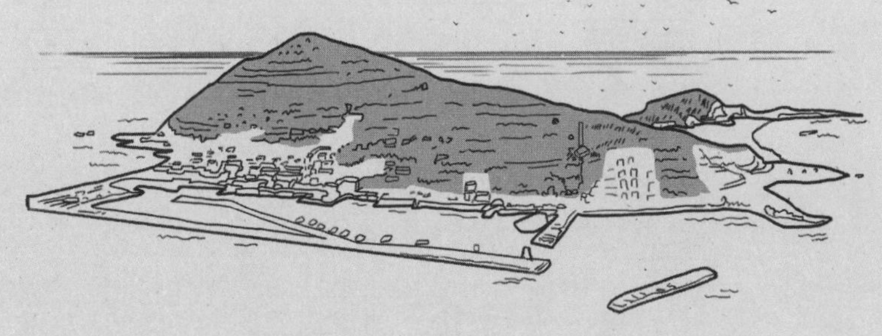

《潮骚》中的歌岛（今神岛）是一座漂浮在日本三重县鸟羽市伊势湾的小岛，周长约3.9公里，人口约500人，是保留着有3000年历史的伊势志摩海女风俗的地区之一。

小说中出现的八代神社、灯塔、陆军观察哨遗址等都是真实存在的地点。歌岛也因为《潮骚》成为日本的知名旅游景点。

交通：从鸟羽·佐田滨乘船场乘坐神岛航线约40分钟到达

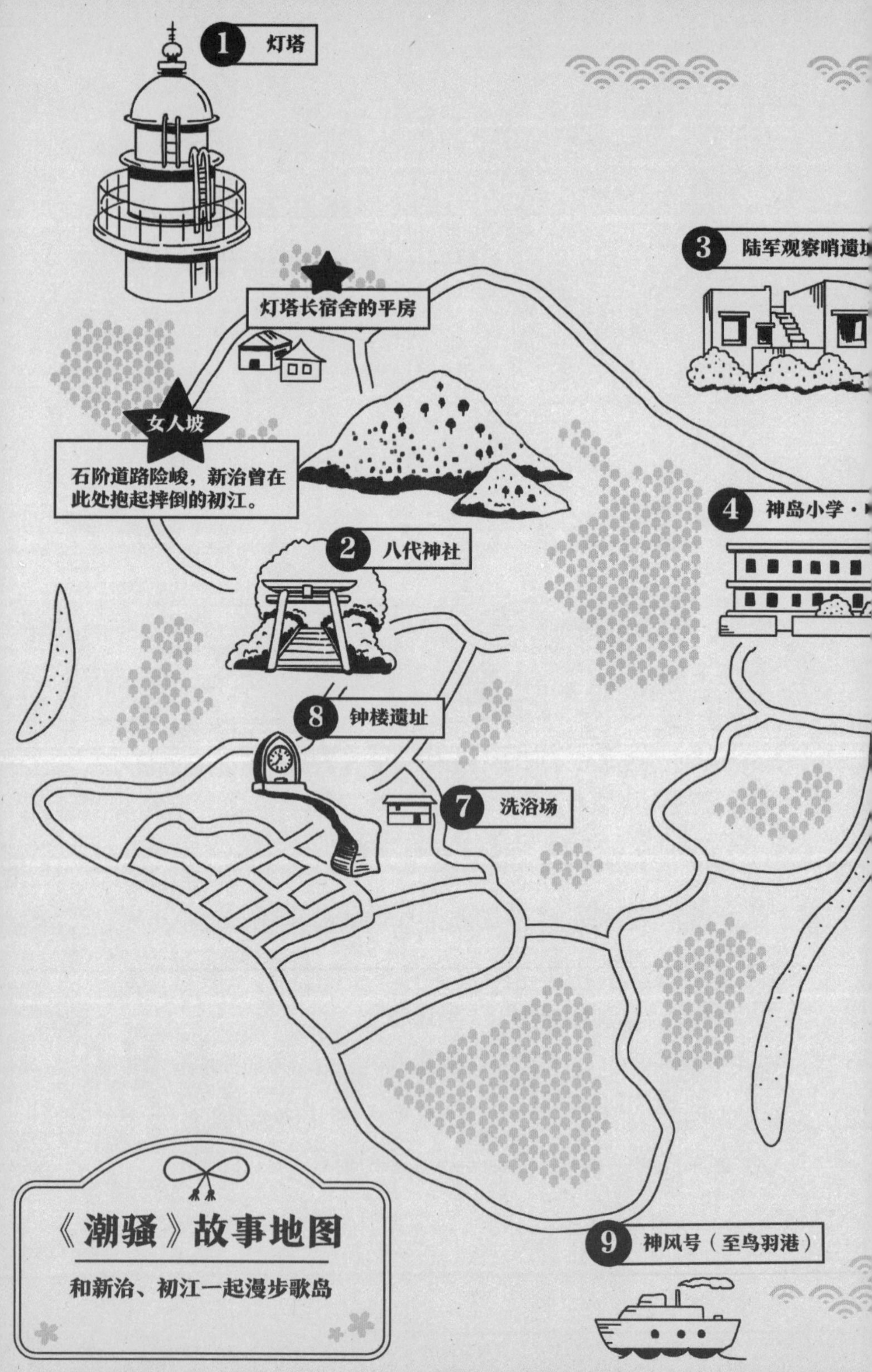
1 灯塔
灯塔长宿舍的平房
女人坡
石阶道路险峻，新治曾在此处抱起摔倒的初江。
2 八代神社
3 陆军观察哨遗
4 神岛小学·
8 钟楼遗址
7 洗浴场
9 神风号（至鸟羽港）
《潮骚》故事地图
和新治、初江一起漫步歌岛

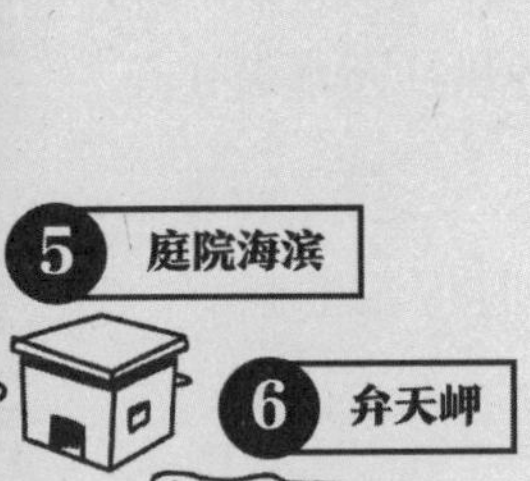

1／灯塔

故事结尾，初江成为了新治的未婚妻。两人在灯塔长家吃过饭后到灯塔顶层参观。

2／八代神社

初江被禁足在家时，与新治约定在此见面。

为了祈求航海安全，新治和母亲在此求得护身符。

新治出海后，初江每天来此参拜，祈求新治平安。

新治出海归来后，和初江一起在此祈求神灵庇护。

3／陆军观察哨遗址

初江迷路，新治和初江意外在此相遇、相识。

暴风雨那天，新治和初江在此见面、定情。

4／神岛小学·中学

安夫在此对深夜值班的初江图谋不轨。

5／庭院海滨

歌岛海女劳动的地方。初江在此赢得了采鲍鱼比赛。

6／弁天岬

阿宏和阿宗等人在此玩“寻找印第安人的珍宝”游戏。

7／洗浴场

宫田照吉在此洗澡时听到了有关新治和初江的传闻。

歌岛重要景点 · 灯塔

歌岛所在的伊良湖水道，自古以来就被称为“海上的难关”。因为夜间行船危险，为保障船舶安全，明治四十二年，当地建造了这座灯塔。这里是岛内的热门景点，也被选为“日本灯塔50选”之一。

在灯塔上，最好的事情莫过于有客人来访。无论是在哪座偏僻的灯塔，远道来访的客人都不可能暗藏恶意。何况，只要被当作稀客受到坦诚的款待，无论是谁，即便怀有恶意，也都会消散的。事实正如他常说的那样：“恶意走不了善意那样远。”——《潮骚》P039

歌岛重要景点·八代神社

八代神社具体创立年代不详，但因供奉着海之神“绵津见”，自古以来就受到在伊势湾航行的渔夫们的崇敬。八代神社还珍藏着66面宝贵的铜镜，因此被指定为日本国家重要文化财产。

爬到八代神社后面的时候，他想起还没有感谢神灵迅速赐下的恩宠，便绕到前面，献上了虔诚的祈祷。——《潮骚》P038

从今往后的每一天，我都要去参拜八代神社，祈求你平安。我的心是属于你的，请你一定要意气风发地回来呀。送上我的一张照片，让它同你一道航海吧。——《潮骚》P128

歌岛特别活动·格塔祭

举办时间：每年12月31日晚到次年1日的黎明

举办地点：八代神社

格塔祭是歌岛上独有的一种奇特祭典。每年元旦的日出前，岛上所有的男人会聚集在八代神社，用竹杠支起一个直径约2米的白色巨环，反复将巨环举起再放下，一直狂欢直到天亮。据说，这是驱除邪灵、乞求神灵庇佑来年风调雨顺的一种仪式，也是海边的渔夫们表现自己勇敢强壮的一种方式。

日本十大恋人圣地导览手册

作为《潮骚》的故事发生地，歌岛多了几分浪漫的气息。后来歌岛被日本官方认定为适合恋人求婚的场所，即“恋人圣地”。

什么样的景点可称为“恋人圣地”？

日本官方在“恋人圣地计划”中选定了136处景点，这些景点均与恋爱、幸福、求婚、结缘等概念相契合，不仅风景优美，氛围也很浪漫，适合作为情侣们约会或求婚的地点。

赤穗御崎

赤穗市北有郁郁葱葱的群山连绵，南面对濑户内海，拥有明媚的自然风光。赤穗御崎位于濑户内海国立公园，在这里可以看到濑户内海星罗棋布的岛屿和远处四国连绵不断的山。海平面上的夕阳余晖如梦似幻，被选为“日本夕阳百选”之一。鸟居旁的休息区则是情侣们一起看夕阳的最佳选择。

地址：兵库县赤穗市濑户内海国立公园

交通：从东京乘坐新干线约4小时/从大阪乘坐JR新快速列车约1小时40分钟到赤穗站下车，步行即可到达

推荐游览：

·伊和都比卖神社：主要用于祈求姻缘，它最早是在濑户内海的岩石上，在江户时代被移到现在的位置。白色的鸟居和平静、蔚蓝的海面相互映衬，是非常浪漫的景象。

·赤穗温泉：这里的泉水含有大量矿物质，据说，有改善刀伤、烫伤、慢性皮肤病等功效，因此被称为“回顾之汤”。

·坂越老街：保留日本传统建筑风格的街区，被选为“都市景观大赏”之一。老街上有酒厂和城市景观馆，都可以免费参观。此外这里经常会举行重要活动和祭典。

幸福站

爱国站和幸福站原来都是日本铁道广尾线上的车站。1973年，因为旅行节目中提到，若是买了爱国站到幸福站的车票，就能得到“从爱之国度通往幸福”的祝福，引起了旅游热潮。1974年，一首《从爱的国度走向幸福》更带动了从爱国站到幸福站的车票热卖，当时甚至卖出了1000多万张车票。1987年广尾线废线，爱国站改建为交通纪念馆，幸福站周围则建成铁道公园。

地址：北海道带广市幸福町东159–4

交通：在JR带广站前巴士站搭乘十胜巴士，在幸福站下车，步行约5分钟即可到达

推荐游览：

·幸福站：候车室是一个古老的小木屋，屋内屋外都贴满了恋人们祈求幸福的粉红色车票。通往月台的路上有“幸福钟”，据说钟声敲响便意味着幸福来临，因此很多人在此举行婚礼。月台保留了原貌，铁轨上保留了当时的车厢，可以自由参观，还有很多有趣的道具和浪漫的站台标志可供拍照。

·爱国站：现在作为交通纪念馆开放，馆内陈列着一些与铁道有关的怀旧物品。在爱国站附近，有著名的伊豆大社，可前往祈求美好的姻缘。

·cobelhouse：位于附近八千代牧场的小山丘上。可以在此处一边欣赏北海道特有的牧场风景，一边吃分量十足的十胜牛肉排、带广名产猪肉盖饭。

天使之路

天使之路在濑户内海的小豆岛上，是一条长约500米的砂石路，连接陆地和海中的四个小岛。但神奇的是，它只有在退潮的2～3个小时才会出现；涨潮时，便沉入大海，小岛也成为一座座孤岛。据说只要情侣手牵着手走过这条路，他们就可以永远幸福地在一起。夜晚，天使之路还会亮起灯光，是非常浪漫的景象。在展台的幸福钟看夕阳也是很不错的选择。

地址：香川县小豆郡土庄町银波浦

交通：在高松港、姬路港、新冈山港等地均可乘坐渡轮前往小豆岛，下船后步行即可到达

推荐游览：

·橄榄公园：小豆岛被称为“日本第一个橄榄树扎根的岛屿”，岛上有超过20个橄榄树庄园和一座橄榄树公园，园内有20多种、近2000棵橄榄树。此外，公园中还有不少希腊建筑及雅典娜女神雕像，很有地中海风情。

·Morikin酱油纪念馆：小豆岛有超过400年的酱油酿造历史。馆内有展示酱油制作过程的文献和大型桶具，可以一睹当地人传统的“木桶酿造”酱油制法。

·二十四瞳电影村：是日本1954年上映的经典电影《二十四之瞳》取景地，留存着70年前这片土地的模样，里面有海岛学校、日式古朴校舍等建筑物，进去就如走进时光隧道。

·中山千枚田：这处梯田景观相当独特，富有日本的田园诗意。贯穿梯田的溪水被称为“汤船之水”，是日本百大名水之一。

恋路之滨

恋路之滨从伊良湖岬灯塔到面向太平洋的日出石门，绵延约1公里。“恋路之滨”这个名字在江户时代的和歌中就曾被提到，据说以前有一对身份高贵的男女因恋情得不到认可，被流放到这里生活，因而得名。这里有“宣誓永远的爱的钟”和“祈愿锁”，暮色渐浓之时，蓝色的大海和白色的伊良湖岬灯塔也是极好的景致，特别适合恋人们告白或求婚。恋路之滨还是幸运四叶草的诞生地，在这里四叶草随处可见。

地址：爱知县田原市伊良湖町恋路浦

交通：在三河田原站乘坐丰铁巴士，在恋路之滨站下车，步行约5分钟即可到达

推荐游览：

· 日出石门：由于太平洋激浪的侵蚀，日出石门中间出现了洞，有海上石门和岸上石门两处，正如其名，日出时可以看到雄伟美丽的剪影。只有10月中旬和2月中旬才能在石门洞口看到朝阳升起的瞬间。

· 伊良湖岬灯塔：这座白色灯塔是伊良湖岬的象征，为出入的船只指引方向。在这里可以一览太平洋、伊势湾和三河湾的美景，被选为“日本灯塔50选”之一。

· 美食：大蛤蜊是这里的特产，很有嚼劲，还带着浓浓的矶香，值得尝试。此外，夏天去的话，这里的甜瓜也是不错的选择，到处都有可以体验摘瓜和自助吃瓜的农庄。

恋人岬

恋人岬所在的伊予市双海町是作为美丽的夕阳之城而为人所知的，被称为“落日止步之城”。沙滩中央约40米长的突堤就是“恋人岬”。在春分、秋分的时候，夕阳会和岬顶端的雕像中心的孔重叠在一起。据说，这一天两个人一起祈祷，愿望就能实现。恋人岬的尽头还有一块“愿望石”，可以把手放在愿望石的手印之上朝着夕阳祈祷。据说，如果此时钟声响起，愿望便会实现。

地址：爱媛县伊予市双海町高岸甲2326

交通：在伊豆箱根铁道修善寺站乘坐巴士到恋人岬站下车即可到达

推荐游览：

·盖西海滨公园：盖西海滨公园的海水浴场是阶梯式的，坐在这里，在海浪声中注视着夕阳，直到夕阳沉入水平线，是很不错的享受，因此这里被称为“夕阳看台”。每年12月10日—12月25日公园内的大部分设施都会装上彩灯。此外，12月23日还会举办一年一度的“圣诞老人从空中降临”的活动，乘坐滑翔伞的圣诞老人会给孩子们带来礼物。

·滑翔伞基地：在离盖西海滨公园约900米的山上有滑翔伞飞行基地，滑翔伞将降落在盖西赛德公园的沙滩上。但是，在海水浴场开放的旺季，因沙滩拥挤危险，所以没有飞行活动。

汤泽高原全景公园

汤泽高原海拔1000多米，有广阔的花田和大型雪场，一年四季绝景不断。天空之钟展台是最佳观赏点，从春天到秋天，可以欣赏到各种各样的花。秋天，山毛榉、山樱、红叶山樱等融合在一起，整座山被红色和黄色所包围。冬天可以眺望白雪皑皑的越后三山、卷机连峰、谷川连峰。

地址：新潟县南鱼沼郡汤泽町大字汤泽490

交通：乘JR上越新干线在越后汤泽站（西口）下车，步行约10分钟即可到达

推荐游览：

·洛克花园：日本规模最大的高山花田，有约1000种高山植物，这里可以看到梦幻般的喜马拉雅蓝罂粟等珍贵的高山植物。

·滑雪场：通往山顶的缆车是汤泽高原的另一大特色，这是世界上最大的缆车，有166座。汤泽高原的雪场分为山麓区和高原区两大区域，共8条不同难度的雪道。

·温泉：滑雪或散步后想要休息放松，便可到雪场附近的汤泽温泉街，这里有众多古色古香的温泉旅馆以及别致的日式居酒屋，在此泡温泉是不错的选择。

夏井之滨公园

夏井之滨是这一带的名称，在这里美丽的海岸线一览无遗。展台上的钟叫作“响爱之钟”，由响滩的“响”和“爱”而得名，寓意着发誓爱情永存的钟声在响滩“回响”。外侧刻有“真爱”的图案，内侧刻有“爱”的文字。这里到处都是心形的铺路石。

地址：福冈县远贺郡芦屋町大字山鹿796番地1

交通：在JR鹿儿岛本线·折尾站前乘市营巴士约20分钟即可到达

见附岛

见附岛是一座无人小岛，也是能登半岛国定公园的地标。据说，弘法大师从佐渡岛来访能登，第一眼看见（付于目）的是这个小岛，因此得名“见附岛”。此外，小岛尖端突出的形状很像一艘军舰，所以也叫作“军舰岛”。

地址：石川县珠洲市宝立町鹅饲

交通：在北陆铁道乘坐特快巴士至珠洲鹅饲站下车，步行约20分钟即可到达

樱井二见浦夫妇岩

“夫妇岩”是由一根粗大的草绳将海上一大一小两块礁石联结在一起，两块岩石像夫妇一样，是喜结良缘的象征。全日本分布着大大小小的许多处夫妇岩。三重县的伊势二见浦夫妇岩，因为日出时风景优美，被称为“朝之二见浦”；与之相对的樱井二见浦则因为夕阳格外美丽，被称为“夕之二见浦”。

地址：福冈县丝岛市志摩樱井

交通：乘丝岛市营昭和巴士西之浦线至二见浦·夫妇岩站下车即可到达

富士山河口湖天上山公园

河口湖天上山公园位于富士箱根伊豆国立公园，是河口湖的制高点，可以在湖畔乘坐缆车直达山顶。在山顶的观景台，不仅可以俯瞰河口湖全景，也可以观赏到绝佳的富士山风光。除了天上之钟，还有狸猫茶屋、兔子神社等地方可以游览。

地址：山梨县南都留郡河口湖町浅川1163-1

交通：乘富士急行线至河口湖站下车，步行约10分钟即可到达

欢迎你从《潮骚》进入
读客经典文库

你想成为什么样的人？对你来说什么是重要的？这个世界应该是什么样子？

我们在生命中遇到的问题，每个时空的人们都经历过，一些伟大的人留下一些伟大作品，流传下来，就成了经典。正是这些经典，共同塑造并丰富着人类的精神世界。

跟随读客经典文库，遍读人类历史上那些伟大的书，认识世界、塑造自我，成长为更强大的人。

经典就读三个圈　导读解读样样全

扫码购买

三个圈已出版文学书单（持续更新中）

美国文学

- 了不起的盖茨比
- 爱伦·坡短篇小说集
- 小妇人
- 野性的呼唤
- 漫长的告别
- 再见，吾爱
- 长眠不醒
- 欧·亨利短篇小说精选
- 哈克贝利·费恩历险记
- 汤姆·索亚历险记
- 百万英镑
- 老人与海
- 永别了，武器
- 人鼠之间
- 夜色温柔
- 马耳他之鹰
- 在路上

法国文学

- 小王子三部曲（全3册）
- 卡门
- 茶花女
- 人间喜剧（全10册）
- 伏尔泰小说精选
- 包法利夫人
- 羊脂球
- 基督山伯爵
- 三个火枪手
- 红与黑
- 列那狐的故事
- 凡尔纳科幻经典（全8册）
- 海底两万里
- 神秘岛
- 八十天环游地球
- 地心游记
- 巴黎圣母院
- 悲惨世界
- 约翰·克利斯朵夫
- 局外人
- 鼠疫
- 追寻逝去的时光
- 昆虫记

英国文学

- 道林 · 格雷的画像
- 夜莺与玫瑰
- 丛林之书
- 呼啸山庄
- 弗兰肯斯坦
- 月亮与六便士
- 人性的枷锁
- 刀锋
- 面纱
- 雾都孤儿
- 金银岛
- 格列佛游记
- 莎士比亚戏剧集（全8册）
- 虹
- 爱丽丝漫游奇境记
- 简 · 爱
- 鲁滨孙漂流记
- 科幻大师威尔斯精选集（全6册）
- 时间机器
- 隐形人
- 世界大战

爱尔兰文学

- 一个青年艺术家的画像
- 尤利西斯

日本文学

- 人间失格
- 银河铁道之夜
- 枕草子
- 春琴抄
- 刺青
- 罗生门
- 舞姬
- 我是猫

奥地利文学

- 一个陌生女人的来信
- 心灵的焦灼
- 人类群星闪耀时
- 变形记
- 城堡
- 失踪者

德国文学

- 少年维特的烦恼
- 悉达多
- 魔山

苏联文学

- 高尔基自传三部曲
- 童年
- 在人间
- 我的大学
- 日瓦戈医生

俄国文学

- 战争与和平
- 复活
- 安娜·卡列尼娜
- 罪与罚
- 卡拉马佐夫兄弟

其他国家文学

- 伊索寓言
- 走出非洲
- 理想国

中国古代文学

- 聊斋志异（全3册）
- 世说新语
- 菜根谭
- 小窗幽记
- 围炉夜话
- 浮生六记
- 闲情偶寄
- 随园食单

中国现当代文学

- 鲁迅全集（全20卷）
- 呼兰河传
- 四世同堂
- 沈从文作品精选（共4册）
- 受戒
- 人间滋味

激发个人成长

多年以来，千千万万有经验的读者，都会定期查看熊猫君家的最新书目，挑选满足自己成长需求的新书。

读客图书以“激发个人成长”为使命，在以下三个方面为您精选优质图书：

1. 精神成长

熊猫君家精彩绝伦的小说文库和人文类图书，帮助你成为永远充满梦想、勇气和爱的人！

2. 知识结构成长

熊猫君家的历史类、社科类图书，帮助你了解从宇宙诞生、文明演变直至今日世界之形成的方方面面。

3. 工作技能成长

熊猫君家的经管类、家教类图书，指引你更好地工作、更有效率地生活，减少人生中的烦恼。

每一本读客图书都轻松好读，精彩绝伦，充满无穷阅读乐趣！

认准读客熊猫

读客所有图书，在书脊、腰封、封底和前后勒口都有“读客熊猫”标志。

两步帮你快速找到读客图书

1. 找读客熊猫

2. 找黑白格子